中国作家
同题散文
精选

超山的梅花
飞雪

风花雪月卷

郁达夫　萧红　等

著

人民文学出版社

图书在版编目(CIP)数据

超山的梅花　飞雪：风花雪月卷/郁达夫等著．—
北京：人民文学出版社，2022
　　(中国作家同题散文精选)
　　ISBN 978-7-02-017140-8

　　Ⅰ.①超…　Ⅱ.①郁…　Ⅲ.①散文集-中国-现代 ②
散文集-中国-当代　Ⅳ.①I266

中国版本图书馆 CIP 数据核字(2022)第 075115 号

责任编辑　卜艳冰　邱小群　刘佳俊
封面设计　李苗苗

出版发行　**人民文学出版社**
社　　址　**北京市朝内大街 166 号**
邮政编码　**100705**

印　　刷　**上海盛通时代印刷有限公司**
经　　销　**全国新华书店等**

字　　数　**124 千字**
开　　本　**890 毫米×1240 毫米　1/32**
印　　张　**5.75**
版　　次　**2022 年 9 月北京第 1 版**
印　　次　**2022 年 9 月第 1 次印刷**

书　　号　**978-7-02-017140-8**
定　　价　**39.00 元**

如有印装质量问题,请与本社图书销售中心调换。电话:010-65233595

编辑例言

中国素来是散文大国，历代文章，传诵不绝。而至现代，散文再度勃兴，名篇佳作，亦不胜枚举。散文一体，论者尽有不同解释，但涉及风格之丰富多样，语言之精湛凝练，名家又皆首肯之。因此，在时下"图像时代"或曰"速食文化"的阅读气氛中，重读经典散文，便又有了感受母语魅力的意义。

我国历来有编辑"类书"的传统，采摭群书，辑录各门类或某一类资料，根据内容加以编排，以供查询、征引之用，如《太平广记》《艺文类聚》《古诗类编》等。这样的编选思路，能够较为精准地囊括某一题材的佳作，方便读者检索、参考、阅读，也有利于传播，是古代的"数据库"。本着这样的出发点，我社曾分批编选并出版过一套以主题为核心的同题散文集，比如春、夏、秋、冬，比如风、花、雪、月……每册的内容相对集中，既有文学的意义，又有史料的功能。

数年过去，这套丛书在读者中反应尚佳。因此，我们决定遴选其中的经典篇目，并增加一部分之前未选入丛书的作品，出一套精选集。选文中一些现代作家的行文习惯和用词可能与当下的规范不一致，为尊重历史原貌，一律不予更动。由于编选者识见有限，疏漏之处在所难免，遗珠之憾也仍将存在，敬请读者诸君多多指教。

第一辑

目 / 录

第二辑

花

第三辑

雪

第四辑

月

第一辑

风

风

巴 金

二十几年前，我羡慕"列子御风而行"，我极愿腋下生出双翼，像一只鸷鸟自由地在天空飞翔。

现在我有时仍做着飞翔的梦，没有翅膀，我用两手鼓风。然而睁开眼睛，我还是郁闷地躺在床上，两只手十分疲倦，仿佛被绳子缚住似的。于是，我发出一声绝望的叹息。

做孩子的时候，我和几个同伴都喜欢在大风中游戏。风吹起我们的衣襟，风吹动我们的衣袖。我们张着双手，顺着风势奔跑，仿佛身子轻了许多，就像给风吹在空中一般。当时自己觉得是在飞了。因此从小时候起我就喜欢风。

后来进学校读书，我和一个哥哥早晚要走相当远的路。雨天遇着风，我们就用伞跟风斗争。风要拿走我们的伞，我们不放松；风要留住我们的脚步，我们却往前走。跟风斗争，是一件颇为吃力的事。但是我们从这个也得到了乐趣，而且不用说，我们的斗争是得到胜利的。

这也是很久以前的事了。不过现在回想起来还是值得怀念的。

可惜我不曾见过飓风。去年坐海船，为避飓风，船在福州湾停了一天半。天气闷热，海面平静，连风的影子也没有。船上的旗纹丝不动，后来听说飓风改道走了。

在海上，有风的时候，波浪不停地起伏，高起来像一座山，而且开满了白花。落下去又像一张大嘴，要吞食眼前的一切。轮船就在这一起一伏之间慢慢地前进。船身摇晃，上层的桅杆、绳梯之类，私语似的吱吱喳喳响个不停。这情景我是经历过的。

但是我没有见过轮船被风吹在海面飘浮，失却航路，船上一部分东西随着风沉入海底。我不曾有过这样的经验。

今年我过了好些炎热的日子。有人说是奇热，有人说是闷热，总之是热。没有一点风声，没有一丝雨意。人发喘，狗吐舌头，连蝉声也像哑了似的，我窒息得快要闭气了。在这些时候我只有一个愿望：起一阵大风，或者下一阵大雨。

一九四一年七月九日在昆明

春风

老 舍

济南与青岛是多么不相同的地方呢！一个设若比作穿肥袖马褂的老先生，那一个便应当是摩登的少女。可是这两处不无相似之点。拿气候说吧，济南的夏天可以热死人，而青岛是有名的避暑所在；冬天，济南也比青岛冷。但是，两地的春秋颇有点相同。济南到春天多风，青岛也是这样；济南的秋天是长而晴美，青岛亦然。

对于秋天，我不知应爱哪里的：济南的秋是在山上，青岛的是海边。济南是抱在小山里的；到了秋天，小山上的草色在黄绿之间，松是绿的，别的树叶差不多都是红与黄的。就是那没树木的山上，也增多了颜色——日影、草色、石层，三者能配合出种种的条纹，种种的影色。配上那光暖的蓝空，我觉到一种舒适安全，只想在山坡上似睡非睡的躺着，躺到永远。青岛的山——虽然怪秀美——不能与海相抗，秋海的波还是春样的绿，可是被清凉的蓝空给开拓出老远，平日看不见的小岛清楚的点在帆外。这远到天边的绿水使我不愿思想而不得不思想；一种无目的的思虑，要思虑而心中反倒空虚些。济南的秋给我安全之感，青岛的秋引起我甜美的悲哀。我不知应当爱哪个。

两地的春可都被风给吹毁了。所谓春风，似乎应当温柔，轻吻着柳枝，微微吹皱了水面，偷偷地传送花香，同情地轻轻掀起禽鸟的羽毛。济南与青岛的春风都太粗猛。济南的风每每在丁香海棠开花的时候把天刮黄，什么也看不见，连花都埋在黄暗中，青岛的风少一些沙土，可是狡猾，在已很暖的时节忽然来一阵或一天的冷风，把一切都送回冬天去，棉衣不敢脱，花儿不敢开，海边翻着愁浪。

两地的风都有时候整天整夜的刮。春夜的微风送来雁叫，使人似乎多些希望。整夜的大风，门响窗户动，使人不英雄的把头埋在被子里；即使无害，也似乎不应该如此。对于我，特别觉得难堪。我生在北方，听惯了风，可也最怕风。听是听惯了，因为听惯才知道那个难受劲儿。它老使我坐卧不安，心中游游摸摸的，干什么不好，不干什么也不好。它常常打断我的希望：听见风响，我懒得出门，觉得寒冷，心中渺茫。春天仿佛应当有生气，应当有花草，这样的野风几乎是不可原谅的！我倒不是个弱不禁风的人，虽然身体不很足壮。我能受苦，只是受不住风。别种的苦处，多少是在一个地方，多少有个原因，多少可以设法减除；对风是干没办法。总不在一个地方，到处随时使我的脑子晃动，像怒海上的船。它使我说不出为什么苦痛，而且没法子避免。它自由的刮，我死受着苦。我不能和风去讲理或吵架。单单在春天刮这样的风！可是跟谁讲理去呢？苏杭的春天应当没有这不得人心的风吧？我不准知道，而希望如此。好有个地方去"避风"呀！

"这是风刮的"

徐志摩

本来还想"剖"下去，但大风刮得人眉眼不得清静，别想出门，家里坐着温温旧情吧。今天（四月八日）是泰戈尔先生的生日，两年前今晚此时，阿琼达的臂膀正当着乡村的晚钟声里把契玦腊围抱进热恋的中心去，——多静穆多热烈的光景呀！但那晚台上与台下的人物都已星散，两年内的变动真数得上！那晚脸上搽着脂粉头顶着颤巍巍的纸金帽装"春之神"的五十老人林宗孟，此时变了辽河边无骸可托无家可归的一个野鬼；我们的"契玦腊"在万里外过心碎难堪的日子；银须紫袍的竺震旦在他的老家里病床上呻吟衰老（他上月二十三来电给我说病好些）；扮跑龙套一类的蒋百里将军在湘汉间亡命似的奔波，我们的"阿琼达"又似乎回复了他十二年"独身禁欲"的誓约，每晚对着西天的暮霭发他神秘的梦想；就这不长进的"爱之神"依旧在这京尘里悠悠自得，但在这大风夜默念光阴无情的痕迹，也不免滴泪怅触！

"这是风刮的！"风刮散了天上的云，刮乱了地上的土，刮烂了树上的花——它怎能不同时刮灭光阴的痕迹，惆怅是人生，人生是惆怅。

啊，还有那四年前彭德街十号的一晚。

美如仙慧如仙的曼殊斐儿，她也完了；她的骨肉此时有芳丹薄罗林子里的红嘴虫儿在徐徐的消受！麦雷，她的丈夫，早就另娶，还能记得她吗？

这是风刮的！曼殊斐儿是在澳洲雪德尼地方生长的，她有个弟弟，她最心爱的，在第一年欧战时从军不到一星期就死了，这是她生时最伤心的一件事。她的日记里有很多记念他爱弟极沉痛的记载。她的小说大半是追写她早年在家乡时的情景；她的弟弟的影子，常常在她的故事里摇晃着。那篇《刮风》里的"宝健"就是，我信。

曼殊斐儿文笔的可爱，就在轻妙——和风一般的轻妙，不是大风像今天似的，是远处林子里吹来的微喟，蛱蝶似的掠过我们的鬈发，撩动我们的轻衣，又落在初蕊的丁香林中小憩，绕了几个弯，不提防的又在烂漫的迎春花堆里飞了出来，又到我们口角边惹刺一下，翘着尾巴歇在屋檐上的喜鹊"怯"的一声叫了，风儿它已经没了影踪。不，它去是去了，它的余痕还在着，许永远会留着：丁香花枝上的微颤，你心弦上的微颤。

但是你得留神，难得这点子轻妙的，别又叫这年生的风给刮了去！

柔和的风

王统照

冬天早过了，春天也快要逝去。朋友，你觉得这地方上有一丝丝的柔和的风吗？

没有震雷，没有霜雹，也没有暴雨，空间正如空间的天气一样，郁闷、焦烦，就是一丝丝的凉风也没从江潮上掠过来。

但四围的烈风、雷、雨，却正冲打着岛上流人的心潮。

虽然暂时在人间似不再需求"柔和的风"，拂面，醉心，好继续意想中的春梦。但，盼望烈风、雷、雨投来一片光华的闪电，映着土陇、郊原、篱落、水湾、茅屋——各个地方的苦难者的灵魂，引导他们往胜利的天国。

到那边才真有"柔和的风"在血华的面容上吹拂着。

急 风

丽 尼

外面，急风吹着横雨，中间还杂着雪粒，滴滴地敲到破了玻璃的窗门上；浪和潮在岩头碰击，增加着烦躁和抑郁。孤立的房屋是阴森而且黑暗，原来只是发着惨黄微光的油灯竟也闪不出一丝光亮地熄灭了。我蹲在屋隅，把头埋在手里，努力把眼睛闭紧，好像深怕眼睛一睁开来就会有无数的鬼影突然出现在眼前似的。

我厌恶这些鬼影。我厌恶它们。

日子，真不晓得是怎么过去的。这一天又一天，只是如同无穷尽的折磨。我厌恶这生活。我厌恶这么每天躲在屋子里，耗子似的蜷伏，并且正如败家的耗子一样，只是每日狠命地吸吮着而且咀嚼着自己的思想，当作生命的粮食。我抱紧我的头，我想象着，如果我真能有那么一天，从这孤立而阴暗的屋子走了出去，那么——

啊，无际的天，汹涌的海！

我打着哆嗦，夜晚有些寒冷了，我把冰冷的手互相搓揉，使它们能够发出一些暖热，我用手探索着我的全身，好像一个准备站立起来却又感觉乏力而且衰弱的病人一样。

我不是太衰弱了么？摸抚着我的无力而僵硬的膝盖，我几乎不自主地打了寒栗。

在面前的，是眼睛所不能看透的阴暗。我向那阴暗注视着。我的注视是那样长久，使我的眼睛几乎昏迷。我注视着，注视着——

黑暗，黑暗，无穷尽的黑暗！

"黑暗以外呢？黑暗以外的是什么？"我轻声自语着，"倘若在那里能有一个空隙，我就要从那里穿越过去。……啊，无际的天，汹涌的海！"

急风呼啸了，窗门开了，雨点和着雪粒无情地从窗外涌了进来；房门也开了，似乎有人蹑蹑地如同一个影子从海的那边飘进了我的房间。

我惊恐了，急促地问道："谁？"

"我，兄弟。"

声音是熟识的，是那样沉重，如同钟鸣。我听过这声音，但是我记不起来这是谁。

"兄弟，你忘记我了。"

猛然，我记了起来，这是一个兄弟，这是我思念着的一个兄弟。

"不，不，"我辩解着，如同遇见了亲人，"我记得你。我时常记念你。你从什么地方来？"

"从有风暴的地方来。"

"从海那边来的？"我呼叫着，"海那边！海那边！"

"是，兄弟！你还在这里？你还把自己锁在这里？"

"我？"我惶恐地回答，"是的，我还在这里。但是，我厌恶这样，我厌恶。这生活是无穷尽的折磨。"

他摸抚着我，用一双火热的、湿淋淋的手。我想看一看他的脸面，但是，在黑暗里我看不见他。

"那么——"

"我厌恶，我深深地厌恶！"

他握紧我的手，握得那么紧，使我几乎战栗。好像有雨点飘到了我的脸上，那好像是一滴鲜血，使我闻见了血腥的气味。

"那么，随我去！海那边去，有风暴的地方去！"

"去？"一阵风涌了进来，使我不自主地退缩了一步。

"是的，去！"他叫着，不顾我的退缩，"不要再留在这里！你瞧，你枯了，你瘦了，你把自己吸吮干了！唉唉，你的手！你的手这样冷！你怎么样了？你是这样枯瘦，这样软弱，你没有变得强壮一点！你哆嗦。你冷？你厌恶这里？你要走？你想从这阴森和黑暗里走了出去？你想离开这孤立的悬岩？那么，去！兄弟，你听，风在叫！外面是浪，是潮！去！去到那浪潮里面去！这悬岩会崩的，这屋子会倒的，你会跌倒得爬也爬不起来！"

我倾听着那浪和潮是如同奔马一样地吼啸。我战栗了。我颓然倒下，微微叹息了。

"等一等，我太软弱。"我的声喃喃着，急急抽回我的手，掩面哭泣了。

"是的，太软弱，我们全太软弱，"他同情地说，"但是，日子不是白白过去的。你摸我的手，这上面满是淋淋的血。一个巨浪把我和别的人打开了，将我撞到岩上去，我还来不及凝神看一看，来不及去攀一攀岩石，可是，又一个巨浪打了过去，我的手在岩上刺破了，我的头——你摸摸我的头。"

风在叫着，岩石在震颤。我恐怖地伸出了我的战抖的手，摸抚了他的头和全身。他也伸出湿热的手来，把我的手紧握着。

"日子会把我们锻炼得强健起来的，你可知道？你不相信么？你只是战抖？你战着抖着就过完了这么许多日子么？——咦，为什么又把你的手缩了回去？你又要用自己的手把自己锁住么？你要回到你那墙角去？你不要出去了么？海那边，海那边，风暴里面！你惧怕？你胆怯？你舍不得你那阴暗的墙角？那么，你为什么厌恶？你厌恶什么？——你哭么？唉唉，我知道，我全知道。我见过了！你哭吧，你厌恶吧，你咒骂吧！你自己吸吮自己，自己咀嚼自己，也自己埋葬自己吧！"

他抽了一口气。我忍住哭泣，回到角隅里去了。

"你等着吧，"他叫着，"我去了。我知道你，我知道你们这一群！"

如同电的一闪，他飞也似的出去了——在那最后的光明的一闪里，我认清了他。是的，那是一个兄弟，我许久认识了而且时时思念着的一个兄弟。我认识他。然而，他是去得远了。

外面，是急风和横雨，杂着雪粒。浪和潮碰击着岩石，在大的风暴里面。

我两手冰冷地抱住我的头，咬紧着牙齿，凝望着前面——那是黑暗，黑暗，无穷尽的黑暗！

一九三五年，十二月

在秋风里

洪为法

窗外的一株梧桐树，近来已有些枯黄。"一叶落而知天下秋"，毕竟他也同蒲柳一样，向秋先零。近日的夜间，他总是沙沙的苦吟着。

幸好不曾落雨，不然，"梧桐更兼细雨"，点点滴滴，也正是"这次第，怎一个愁字了得"，再请词人来填一首《声声慢》罢。

在不甚明亮的灯光下看看书，听听梧桐奏着秋声，忽然想起黄仲则的"全家都在秋风里，九月衣裳未剪裁"两句诗来。这正是凉秋九月，像黄仲则一样的"九月衣裳未剪裁"，必然很多。他们在夜深人静之时，感念到自己哀蝉落叶的身世，当有不少的悲慨。

其实这是不须悲慨的。王世贞在他著的《艺苑卮言》上曾说到文章九命："一曰贫困，二曰嫌忌，三曰玷缺，四曰偃蹇，五曰流窜，六曰刑辱，七曰夭折，八曰无终，九曰无后。"后来他"以疮疡在床褥者逾半岁，几殆，殷都秀才过而戏曰：当加十命矣。盖谓恶疾也"。细思这十命，贫困对于文人，还是最轻的惩罚。

文人这两个字，似乎和穷苦两个字有密切的关系，不是"君子固穷"，实在是文人固穷。穷到死了没有棺材，需得娼妓们凑份子来代他料理身后，如柳三变那样，倒也另有风光。当他出殡的时候，有些浪子笑说："这大伯做鬼也爱打哄！"做鬼也爱打哄，亦足以补偿他生前的穷困。因为死后还能使娼妓们怜悯他，容他打哄，也正是不可多得的事呢。虽然"千秋万岁名，寂寞身后事"，谁教你要做文人。只有用些无聊的想念来慰藉你当前的悲愤了。

在现在的中国做文人，处处可遇魑魅，时时都有危机。一不留神，诚如俞平伯所说："小之使你闹点麻烦撇扭，大之，真不忍言。擦的一下子，不团圆，在中古之国的中国，谁也不保险。"所以若仅仅是贫困，一年一度的衣裳未剪裁，还能在秋风里颤栗着，发出几声悲悯人世的哀音，看看魑魅的化装跳舞，总算是不幸中之大幸了。人苦不自知，贫苦的文人们，你们还是退一步想，这原是你们应有的遭际呀。

夜深读书既倦，微闻秋声，念及从事文艺的诸穷友，深为悲慨。自己既非文人，更幸尚有一啖饭之所，总算是托国家之福，所恨没有广厦万间，只有无裨实际的为诸穷友随时祝福了。

北风

杨　刚

　　没有人能够明白北风，从没有谁见到了北风的心脏，他们说北风是无知的毁坏，他们说北风无头无手，只有一条像女人的累赘裙边一样的脚。

　　北风，啊，深夜的黑暗里从地心底层吼射出来的北风，你的声音多么壮！多么猛！在玄色的天地中间，在宇宙蒙上了单一忧惶的迷灰色调时，你狂烈的暴激，奔腾的炫烂，你壮阔的动变仿佛发出了万能的震人心目的色彩，使人张不开他微弱的眼，色盲的眼，使人为了天地的酷虐而昏眩。

　　你的鞭子，你震挞生命答逐宇宙的鞭子，就从没有停息过。你千里奔驶的驱逐死寂！鞭捶疲弱！扫荡一切死亡和虚伪！你永远不肯停在半路上，等着寂灭来和你妥协！你鞭打太阳，鞭打海洋，永不让它们躺下来，永不让它们安闲游混！就是懒性天成的大山，你也要鞭碎它的岩石，扫荡它的林木，你使它一时剥落了狡狯沙石的掩盖，光着脊梁在你面前发抖。

北风，伟大的北风，你是永不许冬日死亡的大神，是生命的红旗先使！在冬日，雨来了，雪来了，霰珠塞满了生命的细胞，太阳颓然如醉了酒的老头，早上起不来，未晚就躺下去，披着它半黄半红的黯淡袍服，像老和尚送丧的袈裟。大树小树都被剥夺干净了，被夺去了它们青春的冠冕，被剥下了它们润绿的衣裳，它们只好铁紧地闭着嘴唇，等着生命的汁子从它们心上干枯而死。大牛小牛干渴了，大狗小狗都缩紧到屋檐底下去躺着，不敢出声息。川流迟迟不前，像老人绊坏了他的腿脚骨，也唱不出清脆的歌声。宇宙那时好像是根本忘记了它自己，它以为死亡已经代替了它，寂芜将把整个冬天封锁起来丢下冰洋径去了。

没有你，没有北风的狂吼，没有北风的军号，谁知道这宇宙还存在着？谁知道这宇宙还有无疆的雄厚，无穷的力，刚猛万变的美！啊，谁又料到临到了生命的尽头跃出了生命的本身！

哦，北风，我不知你对于生命有几千万万吨启示的活力！我不知你累积了人类几十万年磅磅礴礴、蓊蓊郁郁、绵绵延延不死的雄力在你怀里，更不知道你饱载了宇宙多少多少钢铁的火星！当着明媚的春节，当着炎炎的夏日，当生命有的是喜悦和自由时，你俄延着，囤积着，你不动，你说："好吧，孩子们！玩一会儿，乐一会儿，别着急。"一旦生命在收缩，在溃败，力与美落在枯寂死灭的威胁底下，在一个丑到失了容仪的黑夜里，你突然发出了你的巨吼！为了你狂烈的动震而使生命的力在梦中人心里像轰雷一样爆炸！北风，我不了解你，我不能说一个微末的分子能了解它的全体。可是我觉得我和你有着心连心、手指连手指的密切生命，正像我和我的中华民族一样。在冬日的窗头，我见不到北风的鞭子在寂寞的树梢挥动时，我心是何等的寥寞！我渴恋着北风的呼声，北风的号角之来时，我将怎样度我的荒凉！然而正和彗星辉耀的存在相似，北风浩荡的来临是生命至确至刚的真理。我以我的胸脯敞露在北风雄猛的鞭击底下，在北风尖锐的指锋的刺割之下，我愿北风排剑一般的牙齿咬住我的心，拖我上那生命的战场！

在那生命的尽头上，永远有生命自己的堤防，站在堤防排荡一切的使者，请天下古今一切的权威者向他膜拜！

啊，北风！啊，伟大的中华民族！

第二辑

花

超山的梅花

郁达夫

　　凡到杭州来游的人，因为交通的便利，和时间的经济的关系，总只在西湖一带，登山望水，漫游两三日，便买些土产，如竹篮纸伞之类，匆匆回去；以为雅兴已尽，尘土已经涤去，杭州的山水佳处，都曾享受过了。所以古往今来，一般人只知道三竺六桥，九溪十八涧，或西湖十景，苏小岳王；而离杭城三五十里稍东偏北的一带山水，现在简直是很少有人去玩，并且也不大有人提起的样子。

　　在古代可不同；至少至少，在清朝的乾嘉道光，去今百余年前，杭州人的好游的，总没有一个不留恋西溪，也没有一个不披蓑戴笠去看半山（即皋亭山）的桃花、超山的香雪的。原因是因为那时候杭州和外埠的交通，所取的路径都是水道；从嘉兴上海等处来往杭州，运河是必经之路。舟入塘栖，两岸就看得到山影；到这里，自杭州去他处的人，渐有离乡去国之感，自外埠到杭州来的人，方看得到山明水秀的一个外廓；因而塘栖镇，和超山、独山等处，便成了一般旅游之人对杭州的记忆的中心。

超山是在塘栖镇南，旧日仁和县（现在并入杭县了）东北六十里的永和乡的，据说高有五十余丈，周二十里（咸淳《临安志》作三十七丈），因其山超然出于皋亭黄鹤之外，故名。

从前去游超山，是要从湖墅或拱宸桥下船，向东向北向西向南，曲折回环，冲破菱荇水藻而去的；现在汽车路已经开通，自清泰门向东直驶，至乔司站落北更向西，抄过临平镇，由临平山西北，再驰十余里，就可以到了；"小红唱曲我吹箫"的船行雅处，现在虽则要被汽车的机器油破坏得丝缕无余，但坐船和坐汽车的时间的比例，却有五与一的大差。

汽车走过的临平镇，是以释道潜的一首"风蒲猎猎弄轻柔，欲立蜻蜓不自由，五月临平山下路，藕花无数满汀洲"的绝句出名；而超山北面的塘栖镇，又以南宋的隐士、明末清初的田园别墅出名；介与塘栖与超山之间的丁山湖，更以水光山色、鱼虾果木出名；也无怪乎从前的文人骚客，都要向杭州的东面跑，而超山皋亭山的名字每散见于诸名士的歌咏里了。

超山脚下，塘栖附近的居民，因为住近水乡，阡陌不广之故，所靠以谋生的完全是果木的栽培。自春历夏，以及秋冬，梅子，樱桃，枇杷，杏子，甘蔗之类的出产，一年总有百万元内外。所以超山一带的梅林，成千成万；由我们过路的外乡人看来，只以为是乡民趣味的高尚，个个都在学林和靖的终身不娶，殊不知实际上他们却是正在靠此而养活妻孥的哩！

超山的梅花，向来是开在立春前后的；梅干极粗极大，枝叉离披四散，五步一丛，十步一坂，每个梅林，总有千株内外，一株的花朵，又有万颗左右；故而开的时候，香气远传到十里之外的临平山麓，登高而远望下来，自然自成一个雪海；近年来虽说梅株减少了一点，但我想比到罗浮的仙境，总也只有过之，不会不及。

从杭州到超山去的汽车路上，过临平山后，两旁已经有一处一处的梅林在迎送了，而汇聚得最多、游人所必到的看梅胜地，大抵总在汽车站西南，超山东北麓，报慈寺大明堂（亦称大明寺）前头，梅花丛里有一个周梦坡筑的宋梅亭在那里的周围五六里地的一圈地方。

报慈寺里的大殿（大约就是大明堂了罢？），前几年被寺的仇人毁坏了，当时还烧死了一位当家和尚在殿东一块石碑之下。但殿后的一块刻有吴道子画的大士像的石碑，还好好地镶在壁里，丝毫也没有动。去年我去的时候，寺僧刚在募化重修大殿；殿外面的东头，并且已经盖好了三间厢房在作客室。后面高一段的三间后殿，火烧时也不曾烧去，和尚手指着立在殿后壁里的那一块石刻大士像碑说："这都是这位大慈大悲救苦救难广大灵感观世音菩萨的福佑！"

在何春渚删成的《塘栖志略》里，说大明寺前有一口井，井水甘冽！旁树石碣，刻有"一人堂堂，二曜重光，泉深尺一，点去冰旁；二人相连，不欠一边，三梁四柱烈火然，添却双钩两日全"之碑铭，不识何意等语。但我去大明堂（寺）的时候，却既不见井，也不见碑；而这条碑铭，我从前是曾在一部笔记叫作《桂苑丛谈》的书里看到过一次的。这书记载着："令狐相公出镇淮海日，支使班蒙，与从事诸人，俱游大明寺之西廊，忽睹前壁，题有此铭，诸宾皆莫能辨，独班支使曰：'得非大明寺水，天下无比八字乎？'众皆恍然。"从此看来，《塘栖志略》里所说的大明寺井碑，应是抄来的文章，而编者所谓不识何意者，还是他在故弄玄虚。当然，寺在山麓，地又近水，寺前寺后，井是当然有一口的；井里的泉，也当然是清冽的；不过此碑此铭，却总有点儿可疑。

大明寺前的所谓宋梅，是一棵曲屈苍老，根脚边只剩下两条树皮围拱，中间空心，上面枝干四叉的梅树。因为怕有人折，树外面全部是用一铁丝网罩住的。树当然是一株老树，起码也要比我的年纪大一两倍，但究竟是不是宋梅，我却不敢断定。去年秋天，曾在天台山国清寺的伽蓝殿前，看见过一株所谓隋梅；前年冬天，也曾在临平山下安隐寺里看见过一枝所谓唐梅；但所谓隋，所谓唐，所谓宋等等，我想也不过"所谓"而已，究竟如何，还得去问问植物考古的专家才行。

出大明堂，从梅花林里穿过，西面从吴昌硕的坟旁一条石砌路上攀登上去，是上超山顶去的大路了。一路上有许多同梦也似的疏林，一株两株如被遗忘了似的红白梅花，不少的坟园，在招你上山，到了半山的竹林边的真武殿（俗称中圣殿）外，超山之所以为超，就有点感觉得到了；从这里向东西北的三面望去，是汪洋的湖水，曲折的河身，无数的果树，不断的低岗，还有塘的两面的点点的人家；这便算是塘栖一带的水乡全景的鸟瞰。

从中圣殿再沿石级上去，走过黑龙潭，更走二里，就可以到山顶，第一要使你骇一跳的，是没有到上圣殿之先的那一座天然石筑的天门。

到了这里，你才晓得超山的奇特，才晓得志上所说的"山有石鱼石笋等，他石多异形，如人兽状"诸记载的不虚。实实在在，超山的好处，是在山头一堆石，山下万梅花，至若东瞻大海，南眺钱江，田畴如井，河道如肠，桑麻遍地，云树连天等形容词，则凡在杭州东面的高处，如临平山黄鹤峰上都用得着的，并非是超山独一无二的绝景。

你若到了超山之后，则北去超山七里地外的塘栖镇上，不可不去一到。在那些河流里坐坐船，果树下跑跑路，趣味实在是好不过。两岸人家，中夹一水；走过丁山湖时，向西面看看独山，向东首看看马鞍龟背，想象南宋垂亡，福王在庄（至今其地还叫作福王庄）上过的醉生梦死脂香粉腻的生涯，以及明清之际，诸大老的园亭别墅，台榭楼堂，或康熙乾隆等数度的临幸，包管你会起一种像读《芜城赋》似的感慨。

又说到了南宋，关于塘栖，还有好几宗故事，值得一提。第一，卓氏家乘《唐栖考》里说："唐栖者，唐隐士所栖也；隐士名珏，字玉潜，宋末会稽人。少孤，以明经教授乡里子弟而养其母，至元戊寅，浮图总统杨连真伽，利宋攒宫金玉，故为妖言惑主听，发掘之。珏怀愤，乃货家具，召诸恶少，收他骨易遗骸，瘗兰亭山后，而树冬青树识焉。珏后隐居唐栖，人义之，遂名其地为唐栖。"这镇名的来历说，原是人各不同的，但这也岂不是一件极有趣的故实么？还有塘栖西龙河圩，相传有宋宫人墓；昔有士子，秋夜凭栏对月，忽闻有环珮之声，不寐听之，歌一绝云："淡淡春山抹未浓，偶然还记旧行踪，自从一入朱门去，便隔人间几万重。"闻之酸鼻。这当然也是一篇绝哀艳的鬼国文章。

塘栖镇跨在一条水的两岸，水南属杭州，水北属德清；商市的繁盛，酒家的众多，虽说只是一个小小的镇集，但比起有些县城来，怕还要闹热几分。所以游过超山，不愿在山上吃冷豆腐黄米饭的人，尽可以上塘栖镇上去痛饮大嚼；从山脚下走回汽车路去坐汽车上塘栖，原也很便，但这一段路，总以走走路坐坐船更为合式。

一九三五年一月九日

养花

老 舍

　　我爱花，所以也爱养花。我可还没成为养花专家，因为没有工夫去作研究与试验。我只把养花当作生活中的一种乐趣，花开得大小好坏都不计较，只要开花，我就高兴。在我的小院中，到夏天，满是花草，小猫儿们只好上房去玩耍，地上没有它们的运动场。

　　花虽多，但无奇花异草。珍贵的花草不易养活，看着一棵好花生病欲死是件难过的事。我不愿时时落泪。北京的气候，对养花来说，不算很好。冬天冷，春天多风，夏天不是干旱就是大雨倾盆，秋天最好，可是忽然会闹霜冻。在这种气候里，想把南方的好花养活，我还没有那么大的本事。因此，我只养些好种易活、自己会奋斗的花草。

　　不过，尽管花草自己会奋斗，我若置之不理，任其自生自灭，它们多数还是会死了的。我得天天照管它们，像好朋友似的关切它们。一来二去，我摸着一些门道：有的喜阴，就别放在太阳地里，有的喜干，就别多浇水。这是个乐趣，摸住门道，花草养活了，而且三年五载老活着、开花，多么有意思呀！不是乱吹，这就是知识呀！多得些知识，一定不是坏事。

我不是有腿病吗，不但不利于行，也不利于久坐。我不知道花草们受我的照顾，感谢我不感谢；我可得感谢它们。在我工作的时候，我总是写了几十个字，就到院中去看看，浇浇这棵，搬搬那盆，然后回到屋中再写一点，然后再出去，如此循环，把脑力劳动与体力劳动结合到一起，有益身心，胜于吃药。要是赶上狂风暴雨或天气突变哪，就得全家动员，抢救花草，十分紧张。几百盆花，都要很快地抢到屋里去，使人腰酸腿疼，热汗直流。第二天，天气好转，又得把花儿都搬出去，就又一次腰酸腿疼，热汗直流。可是，这多么有意思呀！不劳动，连棵花儿也养不活，这难道不是真理么？

送牛奶的同志，进门就夸"好香"！这使我们全家都感到骄傲。赶到昙花开放的时候，约几位朋友来看看，更有秉烛夜游的神气——昙花总在夜里放蕊。花儿分根了，一棵分为数棵，就赠给朋友们一些；看着友人拿走自己的劳动果实，心里自然特别喜欢。

当然，也有伤心的时候，今年夏天就有这么一回。三百株菊秧还在地上（没到移入盆中的时候），下了暴雨。邻家的墙倒了下来，菊秧被砸死者约三十多种，一百多棵！全家都几天没有笑容！

有喜有忧，有笑有泪，有花有实，有香有色，既须劳动，又长见识，这就是养花的乐趣。

看花

朱自清

生长在大江北岸一个城市里，那儿的园林本是著名的，但近来却很少；似乎自幼就不曾听见过"我们今天看花去"一类话，可见花事是不盛的。有些爱花的人，大都只是将花栽在盆里，一盆盆搁在架上；架子横放在院子里。院子照例是小小的，只够放下一个架子；架上至多搁二十多盆花罢了。有时院子里依墙筑起一座"花台"，台上种一株开花的树，也有在院子里地上种的。但这只是普通的点缀，不算是爱花。

家里人似乎都不甚爱花，父亲只在领我们上街时，偶然和我们到"花房"里去过一两回。但我们住过一所房子，有一座小花园，是房东家的。那里有树，有花架（大约是紫藤花架之类），但我当时还小，不知道那些花木的名字；只记得爬在墙上的是蔷薇而已。园中还有一座太湖石堆成的洞门；现在想来，似乎也还好的。在那时由一个顽皮的少年仆人领了我去，却只知道跑来跑去捉蝴蝶；有时掐下几朵花，也只是随意按弄着，随意丢弃了。至于领略花的趣味，那是以后的事：夏天的早晨，我们那地方有乡下的姑娘在各处街巷，沿门叫着："卖栀子花来。"

栀子花不是什么高品，但我喜欢那白而晕黄的颜色和那肥肥的个儿，正和那些卖花的姑娘有着相似的韵味。栀子花的香，浓而不烈，清而不淡，也是我乐意的。我这样便爱起花来了。也许有人会问："你爱的不是花罢？"这个我自己其实也已不大弄得清楚，只好存而不论了。

在高小的一个春天，有人提到城外 F 寺里吃桃子去，而且预备白吃；不让吃就闹一场，甚至打一架也不在乎。那时虽远在五四运动以前，但我们那里的中学生却常有打进戏园看白戏的事。中学生能白看戏，小学生为什么不能白吃桃子呢？我们都这样想，便由那提议人鸠合了十几个同学，浩浩荡荡地向城外而去。到了 F 寺，气势不凡地呵斥着道人们（我们称寺里的工人为道人），立刻领我们向桃园里去。道人们踌躇着说："现在桃树刚才开花呢。"但是谁信道人们的话？我们终于到了桃园里。大家都丧了气，原来花是真开着呢！这时提议人 P 君便去折花。道人们是一直步步跟着的，立刻上前劝阻，而且用起手来。但 P 君是我们中最不好惹的："说时迟，那时快"，一眨眼，花在他的手里，道人已踉跄在一旁了。那一园子的桃花，想来总该有些可看；我们却谁也没有想着去看。只嚷着："没有桃子，得沏茶喝！"道人们满肚子委屈地引我们到"方丈"里，大家各喝一大杯茶。这才平了气，谈谈笑笑地进城去。大概我那时还只懂得爱一朵朵的栀子花，对于开在树上的桃花，是并不了然的；所以眼前的机会，便从眼前错过了。

以后渐渐念了些看花的诗，觉得看花颇有些意思。但到北平读了几年书，却只到过崇效寺一次；而去得又嫌早些，那有名的一株绿牡丹还未开呢。北平看花的事很盛，看花的地方也很多；但那时热闹的似乎也只有一班诗人名士，其余还是不相干的。那正是新文学运动的起头，我们这些少年，对于旧诗和那一班诗人名士，实在有些不敬；而看花的地方又都远不可言，我是一个懒人，便干脆地断了那条心了。后来到杭州做事，遇见了Y君，他是新诗人兼旧诗人，看花的兴致很好。我和他常到孤山去看梅花。孤山的梅花是古今有名的，但太少；又没有临水的，人也太多。有一回坐在放鹤亭上喝茶，来了一个方面有须，穿着花缎马褂的人，用湖南口音和人打招呼道："梅花盛开嗒！""盛"字说得特别重，使我吃了一惊；但我吃惊的也只是说在他嘴里"盛"这个声音罢了，花的盛不盛，在我倒并没有什么的。

有一回，Y来说，灵峰寺有三百株梅花；寺在山里，去的人也少。我和Y，还有N君，从西湖边雇船到岳坟，从岳坟入山。曲曲折折走了好一会，又上了许多石级，才到山上寺里。寺甚小，梅花便在大殿西边园中。园也不大，东墙下有三间净室，最宜喝茶看花；北边有座小山，山上有亭，大约叫"望海亭"罢，望海是未必，但钱塘江与西湖是看得见的。梅树确是不少，密密地低低地整列着。那时已是黄昏，寺里只我们三个游人；梅花并没有开，但那珍珠似的、繁星似的骨都儿，已经够可爱了；我们都觉得比孤山上盛开时有味。大殿上正做晚课，送来梵呗的声音，和着梅林中的暗香，真叫我们舍不得回去。在园里徘徊了一回，又在屋里坐了一回，天是黑定了，又没有月色，我们向庙里要了一个旧灯笼，照着下山。路上几乎迷了道，又两次三番地狗咬；我们的Y诗人确有些窘了，但终于到了岳坟。船夫远远迎上来道："你们来了，我想你们不会冤我呢！"在船上，我们还不离口地说着灵峰的梅花，直到湖边电灯光照到我们的眼。

Y回北平去了，我也到了白马湖。那边是乡下，只有沿湖与杨柳相间着种了一行小桃树，春天花发时，在风里娇媚地笑着。还有山里的杜鹃花也不少。这些日日在我们眼前，从没有人像煞有介事地提议："我们看花去。"但有一位S君，却特别爱养花；他家里几乎是终年不离花的。我们上他家去，总看他在那里不是拿着剪刀修理枝叶，便是提着壶浇水。我们常乐意看着。他院子里一株紫薇花很好，我们在花旁喝酒，不知多少次。白马湖住了不过一年，我却传染了他那花的嗜好。但重到北平时，住在花事很盛的清华园里，接连过了三个春，却从未想到去看一回。只在第二年秋天，曾经和孙三先生在园里看过几次菊花。"清华园之菊"是著名的，孙三先生还特地写了一篇文，画了好些画。但那种一盆一杆一花的养法，花是好了，总觉没有天然的风趣。直到去年春天，有了些余闲，在花开前，先向人问了些花的名字。一个好朋友是从知道姓名起的，我想看花也正是如此。恰好Y君也常来园中，我们一天三四趟地到那些花下去徘徊。今年Y君忙些，我便一个人去。我爱繁花老杆的杏，临风婀娜的小红桃，贴梗累累如珠的紫荆，但最恋恋的是西府海棠。海棠的花繁得好，也淡得好；艳极了，却没有一丝荡意。疏疏的高杆子，英气隐隐逼人。可惜没有趁着月色看过；王鹏运有两句词道："只愁淡月朦胧影，难验微波上下潮。"我想月下的海棠花，大约便是这种光景罢。为了海棠，前两天在城里特地冒了大风到中山公园去，看花的人倒也不少；但不知怎的，却忘了畿辅先哲祠。Y告诉我那里的一株，遮住了大半个院子；别处的都向上长，这一株却是横里伸张的。花的繁没有法说；海棠本无香，昔人常以为恨，这里花太繁了，却酝酿出一种淡淡的香气，使人久闻不倦。Y告我，正是刮了一日还不息的狂风的晚上；他是前一天去的。他说他去时地上已有落花了，这一日一夜的风，准完了。他说北平看花，是要赶着看的：春光太短了，又晴的日子多；今年算是有阴的日子了，但狂风还是逃不了的。我说北平看花，比别处有意思，也正在此。这时候，我似乎不甚菲薄那一班诗人名士了。

梨花

许地山

　　她们还在园里玩，也不理会细雨丝丝穿入她们底罗衣。池边梨花底颜色被雨洗得更白净了，但朵朵都懒懒地垂着。

　　姊姊说："你看，花儿都倦得要睡了！"

　　"待我来摇醒他们。"

　　姊姊不及发言，妹妹底手早已抓住树枝摇了几下。花瓣和水珠纷纷地落下来，铺得银片满地，煞是好玩。

　　妹妹说："好玩啊，花瓣一离开树枝，就活动起来了！"

　　"活动什么？你看，花儿底泪都滴在我身上哪。"姊姊说这话时，带着几分怒气，推了妹妹一下。她接着说："我不和你玩了；你自己在这里罢。"

　　妹妹见姊姊走了，直站在树下出神。停了半晌，老妈子走来，牵着她，一面走着，说："你看，你底衣服都湿透了；在阴雨天，每日要换几次衣服，教人到哪里找太阳给你晒去呢？"

　　落下来底花瓣，有些被她们底鞋印入泥中；有些粘在妹妹身上，被她带走；有些浮在池面，被鱼儿衔入水里。那多情的燕子不歇把鞋印上的残瓣和软泥一同衔在口中，到梁间去，构成它们底香巢。

蛛丝和梅花

林徽因

真真地就是那么两根蛛丝，由门框边轻轻地牵到一枝梅花上。就是那么两根细丝，迎着太阳光发亮……再多了，那还像样么？一个摩登家庭如何能容蛛网在光天白日里作怪，管它有多美丽，多玄妙，多细致，够你对着它联想到一切自然，造物的神工和不可思议处；这两根丝本来就该使人脸红，且在冬天够多特别！可是亮亮的，细细的，倒有点像银，也有点像玻璃制的细丝，委实不算讨厌，尤其是它们那么潇脱风雅，偏偏那样有意无意地斜着搭在梅花的枝梢上。

你向着那丝看，冬天的太阳照满了屋内，窗明几净，每朵含苞的，开透的，半开的梅花在那里挺秀吐香，情绪不禁迷茫缥缈地充溢心胸，在那刹那的时间中振荡。同蛛丝一样的细弱，和不必需，思想开始抛引出去：由过去牵到将来，意识的，非意识的，由门框梅花牵出宇宙，浮云沧波踪迹不定。是人性，艺术，还是哲学，你也无暇计较，你不能制止你情绪的充溢，思想的驰骋，蛛丝梅花竟然是瞬息可以千里！

好比你是蜘蛛，你的周围也有你自织的蛛网，细致地牵引着天地，不怕多少次风雨来吹断它，你不会停止了这生命上基本的活动。此刻……"一枝斜好，幽香不知甚处"……

拿梅花来说吧，一串串丹红的结蕊缀在秀劲的傲骨上，最可爱，最可赏，等半绽将开地错落在老枝上时，你便会心跳！梅花最怕开，开了便没话说。索性残了，沁香拂散同夜里炉火都能成了一种温存的凄清。

记起了，也就是说到梅花，玉兰。初是有个朋友说起初恋时玉兰刚开完，天气每天的暖，住在湖旁，每夜跑到湖边林子里走路，又静坐幽僻石上看隔岸灯火，感到好像仅有如此虔诚地孤对一片泓碧寒星远市，才能把心里情绪抓紧了，放在最可靠最纯净的一撮思想里，始不至亵渎了或者惊着那"寤寐思服"的人儿。那是极年轻的男子初恋的情景——对象渺茫高远，反而近求"自我的"郁结深浅——他问起少女的情绪。

就在这里，忽记起梅花。一枝两枝，老枝细枝，横着，虬着，描着影子，喷着细香；太阳淡淡金色地铺在地板上；四壁琳琅，书架上的书和书签都像在发出言语；墙上小对联记不得是谁的集句；中条是东坡的诗。你敛住气，简直不敢喘息，跐起脚，细小的身形嵌在书房中间，看残照当窗，花影摇曳，你像失落了什么，有点迷惘。又像"怪东风着意相寻"，有点儿没主意！浪漫，极端的浪漫。"飞花满地谁为扫？"你问，情绪风似的吹动，卷过，停留在惜花上面。再回头看看，花依旧嫣然不语。"如此娉婷，谁人解看花意。"你更沉默，几乎热情地感到花的寂寞，开始怜花，把同情统统诗意地交给了花心！

这不是初恋，是未恋，正自觉"解看花意"的时代。情绪的不同，不止是男子和女子有分别，东方和西方也甚有差异。情绪即使根本相同，情绪的象征，情绪所寄托，所栖止的事物却常常不同。水和星子同西方情绪的联系，早就成了习惯。一颗星子在蓝天里闪，一流冷涧倾泄一片幽愁的平静，便激起他们诗情的波涌，心里甜蜜地，热情地便唱着由那些鹅羽的笔锋散下来的"她的眼如同星子在暮天里闪"，或是"明丽如同单独的那颗星，照着晚来的天"，或"多少次了，在一流碧水旁边，忧愁倚下她低垂的脸"。

惜花，解花太东方，亲昵自然，含着人性的细致是东方传统的情绪。

此外年龄还有尺寸，一样是愁，却跃跃似喜，十六岁时的，微风零乱，不颓废，不空虚，踮着理想的脚充满希望，东方和西方却一样。人老了脉脉烟雨，愁吟或牢骚多折损诗的活泼。大家如香山、稼轩、东坡、放翁的白发华发，很少不梗在诗里，至少是令人不快。话说远了，刚说是惜花，东方老少都免不了这嗜好，这倒不论老的雪鬓曳杖，深闺里也就攒眉千度。

最叫人惜的花是海棠一类的"春红"，那样娇嫩明艳，开过了残红满地，太招惹同情和伤感。但在西方即使也有我们同样的花，也还缺乏我们的廊庑庭院。有了"庭院深深深几许"才有一种庭院里特有的情绪。如果李易安的"斜风细雨"底下不是"重门须闭"也就不"萧条"得那样深沉可爱；李后主的"终日谁来"也一样的别有寂寞滋味。看花更须庭院，深深锁在里面认识，不时还得有轩窗栏杆，给你一点凭藉，虽然也用不着十二栏杆倚遍，那么慵弱无聊。

当然，旧诗里伤愁太多；一首诗竟像一张美的证券，可以照着市价去兑现！所以庭花，乱红，黄昏，寂寞太滥，诗常失却诚实。西洋诗，恋爱总站在前头，或是"忘掉"，或是"记起"，月是为爱，花也是为爱，只使全是真情，也未尝不太腻味。就以两边好的来讲。拿他们的月光同我们的月色比，似乎是月色滋味深长得多。花更不用说了，我们的花"不是预备采下缀成花球，或花冠献给恋人的"，却是一树一树绰约的，个性的，自己立在情人的地位上接受恋歌的。

所以未恋时的对象最自然的是花，不是因为花而起的感慨——十六岁时无所谓感慨——仅是刚说过的自觉解花的情绪，寄托在那清丽无语的上边，你心折它绝韵孤高，你为花动了感情，实说你同花恋爱，也未尝不可——那惊讶狂喜也不减于初恋。还有那凝望，那沉思……

一根蛛丝！记忆也同一根蛛丝，搭在梅花上就由梅花枝上牵引出去，虽未织成密网，这诗意的前后，也就是相隔十几年的情绪的联络。

午后的阳光仍然斜照，庭院阒然，离离疏影，房里窗棂和梅花依然伴和成为图案，两根蛛丝在冬天还可以算为奇迹，你望着它看，真有点像银，也有点像玻璃，偏偏那么斜挂在梅花的枝梢上。

二十五年 ① 新年漫记

---

① 指民国二十五年，即 1936 年。

花

汪曾祺

荷 花

我们家每年要种两缸荷花，种荷花的藕不是吃的藕，要瘦得多，节间也长，颜色黄褐，叫作"藕秋子"。在缸底铺一层马粪，厚约半尺，把藕秋子盘在马粪上，倒进多半缸河泥，晒几天，到河泥坼裂有缝，倒两担水，将平缸沿。过个把星期，就有小荷叶嘴冒出来。过几天荷叶长大了，冒出花骨朵了。荷花开了，露出嫩黄的小莲蓬，很多很多花蕊。清香清香的。荷花好像说："我开了。"

荷花到晚上要收朵。轻轻地合成一个大骨朵。第二天一早，又放开，荷花收了朵，就该吃晚饭了。

下雨了。雨打在荷叶上啪啪地响。雨停了，荷叶面上的雨水水银似的摇晃。一阵大风，荷叶倾倒，雨水流泻下来。

荷叶的叶面为什么不沾水呢？

荷叶粥和荷叶粉蒸肉都很好吃。

荷叶枯了。

下大雪，荷叶缸中落满了雪。

报春花，毋忘我

昆明报春花到处都有。圆圆的小叶子，柔软的细梗子，淡淡的紫红色的成簇的小花，由梗的两侧开得满满的，谁也不把它当作"花"。连根挖起来，种在浅盆里，能活。这就是翻译小说里常常提到的樱草。

偶然在北京的花店里看到十多盆报春花，种在青花盆里，标价相当贵，不禁失笑。昆明人如果看到，会说："这也卖？"

Forget me not——毋忘我，名字很有诗意，花实在并不好看。草本，矮棵，几乎是贴地而生的。抽条颇多，一丛一丛的。灰绿色的布做的似的皱皱的叶子。花甚小，附茎而开，颜色正蓝。蓝色很正，就像国画颜色中的"三蓝"。花里头像这样纯正的蓝色的还很少见——一般蓝色的花都带点紫。

为什么西方人把这种花叫作 forget me not 呢？是不是思念是蓝色的？

昆明人不管它什么毋忘我，什么 forget me not，叫它"狗屎花"！

这叫西方的诗人知道，将谓大煞风景。

绣　球

绣球，周天民编绘的《花卉画谱》上说：

绣球，虎儿草科，落叶灌木，高达一二丈，干皮带皱。叶大椭圆形，边缘有锯齿。春月开花，百朵成簇，如球状而肥大。小花五出深裂，瓣端圆，有短柄，其色有淡紫、红、白。百株成簇，俨如玉屏。

我始终没有分清绣球花的小花到底是几瓣，只觉得是分不清瓣的一个大花球。我偶尔画绣球，也是以意为之的画了很多簇在一起的花瓣，哪一瓣属于哪一朵小花，不管它！

绣球花是很好养的，不需要施肥，也不要浇水，不用修枝，也少长虫，到时候就开出一球一球很大的花，白得像雪，非常灿烂。这花是不耐细看的，只是赫然的在你眼前轻轻摇晃。

我以前看过的绣球都是白的。

我有个堂房的小姑妈——她比我才大一岁。绣球花开的时候，她就折了几大球，插在一个白瓷瓶里，她在花下面写小字。

她是订过婚的。

听说她婚后的生活很不幸，我那位姑父竟至动手打她。

前年听说，她还在，胖得不得了。

绣球花云南叫作"粉团花"。民歌里有用粉团花来形容女郎长得好看的。用粉团花来形容女孩子，别处的民歌似还没有见过。

我看过的最好的绣球是在泰山。泰山人养绣球是一种风气。一个茶馆里的院子里的石凳上放着十来盆绣球，开得极好。盆面一层厚厚的喝剩的茶叶。是不是绣球宜浇残茶？泰山盆栽的绣球花头较小，花瓣较厚，瓣作豆绿色。这样的绣球是可以细看的。

杜鹃花

　　淡淡的三月天，

　　杜鹃花开在山坡上，

　　杜鹃花开在小溪旁，

　　多美丽哦。

　　乡村家的小姑娘，

　　乡村家的小姑娘。

　　这是抗日战争期间昆明的小学生很爱唱的一首歌。董林肯词，徐守廉曲。这是一首曲调明快的抒情歌，很好听。不单小学生爱唱，中学生也爱唱，大学生也有爱唱的，因为一听就记住了。

　　董林肯和徐守廉是同济大学的学生，原来都是育才中学毕业的。育才中学是全面培养学生才能的，而且是实行天才教育的学校。学生多半有艺术修养。董林肯、徐守廉都是学工的（同济大学是工科大学），但都对艺术有很虔诚的兴趣，因此能写词谱曲。

　　我是怎么认识他们俩的呢？因为董林肯主办了班台莱耶夫的《表》的演出，约我去给演员化妆，我到同济大学的宿舍里去见他们，认识了，那时在昆明，只要有艺术上的共同爱好，有人一介绍，就会熟起来的。

董林肯为什么要主持《表》的演出？我想是由于在昆明当时没有给孩子看的戏。他组织这次演出是很辛苦的，而且演戏总有些叫人头疼的事，但是还是坚持了下来。他不图什么，只是因为有一颗班台莱耶夫一样的爱孩子的心。

我记得这个戏的导演是劳元干。演员里我记得演监狱看守的，是刺杀孙传芳的施剑翘的弟弟，他叫施什么我已经忘记了。他是个身材魁梧的胖子。我管化妆，主要是给他贴一个大仁丹胡子。

有当时有中国秀兰·邓波儿之称的小明星，长大后曾参与搜集整理《阿诗玛》，现在写小说、散文的女作家刘绮。有一次，不知为什么，剧团内部闹了意见，戏几乎开不了场，刘绮在后台大哭。刘绮一哭，事情就解决了。

刘绮，有这回事么？

前几年我重到昆明，见到刘绮。她还能看出一点小时候的模样。不过，听说已经当了奶奶了。

不知道为什么，我有时还会想起董林肯和徐守廉。我觉得这是两个对艺术的态度极其纯真，像我前面所说的，虔诚的人。他们身上没有一点明星气、流氓气。这是两个通身都是书卷气的搞艺术的人。

淡淡的三月天，

杜鹃花开在山坡上，

杜鹃花开在小溪旁……

木香花

我的舅舅家有一架木香花。木香花开，我们就揪下几撮——木香柄长，似海棠，梗带着枝，一揪，可揪下一撮，养在浅口瓶里，可经数日。

木香亦称"锦栅儿"，枝条甚长。从运河的御码头上船，到快近车逻，有一段，两岸全是木香，枝条伸向河上，搭成了一个长约一里的花棚。小轮船从花棚下开过，如同仙境。

前几年我回故乡一次，说起这一段运河两岸的木香花棚，谁也不知道。我有点怀疑：我是不是做梦？

昆明木香花极多。观音寺南面，有一道水渠，渠的两沿，密密的长了木香。

我和朱德熙曾于大雨少歇之际，到莲花池闲步。雨下起来了，我们赶快到一个小酒馆避雨。要了两杯市酒（昆明的绿陶高杯，可容三两），一碟猪头肉，坐了很久。连日下雨，墙脚积苔甚厚。檐下的几只鸡都缩着一脚站着。天井里有很大的一棚木香花，把整个天井都盖满了。木香的花、叶、花骨朵，都被雨水湿透，都极肥壮。

四十年后，我写了一首诗，用一张毛边纸写成一个斗方，寄给德熙：

　　莲花池外少行人，

野店苔痕一寸深。

浊酒一杯天过午，

木香花湿雨沉沉。

德熙很喜欢这幅字，叫他的儿子托了托，配一个框子，挂在他的书房里。

德熙在美国病逝快半年了，这幅字还挂在他在北京的书房里。

一九九三年一月二十九日

小 紫 菊

张恨水

山野间有小花，紫瓣黄蕊，似金钱菊而微小。叶长圆，大者有齿类菊，小者无齿类枸杞，互生茎上，其面积与花相称，娇细可爱。一雨之后，花怒放，乱草丛中，花穿蓬蓬杂叶而出，带水珠以静植，幽丽绝伦。且花不分季候，非严冬不萎。"鞠有黄华"之会，此花开尤盛，竹下溪边，得此花三五丛，辄多诗意。盖其趣有娇小，在素静，所谓以少许胜多许也。

去年仲秋，友人赠佳菊二盆，一丹而一白，肥硕如芙蓉，西风白日中，置阶下片时，凤蝶一双，突来相就，顾未一瞬，蝶又翩然去，且不复至。友笑曰："能有诗乎？"予乃作短句曰："怪底蝶来容易去，嫌他赤白太分明。"友黯然，继而笑曰："穷多年矣，君个性犹是也。"予亦颔之，微笑而已。今年友迁居去，无赠菊者。窗前秋意盎然，又不可无菊，乃于溪畔屋角，搜罗紫花一束，作为瓶供。细君嫌其单调，采黄色美人蕉二朵配衬之。予因填浣溪沙一阕曰："添得茅斋一味凉，瓶花带露供（叶仄）书窗，翻书摇落满瓶香。　飘逸尚留高士态，幽娴不作媚人装，黄华同类那寻常？"吟哦数次，细君闻而告之曰："去年吟菊，为友所哂，而仍狂奴故态耶？"予大笑。复口吟曰："嫩紫娇黄媚绝伦，一生山野不知名……"细君笑曰："今日固是重阳，不应断君诗兴，然既曰不作媚人装矣，又奚云媚绝伦乎？"予起视日历，果重阳也。因曰："媚字不妨改，既是重阳，令人忆潘大临事，予与此君同病，兴尽矣。"遂掷笔而起。

秋菊有佳色

周瘦鹃

秋菊有佳色，裛露掇其英

这是晋代高士陶渊明诗中的名句，与"采菊东篱下，悠然见南山"同为千古所传诵，一方面也就使他成了一位热爱菊花的代表人物。后来民间奉他为九月花神，就为了他爱菊之故。据说他所爱赏的一种菊花，名九华菊。他曾说秋菊盈园，而诗集中仅存九华之一名。此菊越中呼之为"大笑"，白瓣黄心，花头极大，有阔及二寸四五分的，枝叶疏散，香也清胜，九月半开放，在白菊中推为第一。有一次，渊明因九月九日没有酒赏重阳，只枯坐在宅边菊花丛中，采了一大把菊花欣赏着。一会儿望见白衣人到，乃是江州刺史王弘送酒来了，即便欣然就酌，而以菊花为下酒物，也足见他的闲情逸致了。记得一九五一年秋间公园开菊展，我也有盆菊和盆景参加。就中有一个盆景，以渊明为题材，用含蕊的黄色满天星，种在一只椭圆形的紫砂浅盆里，东面一角用细紫竹做成方眼的矮篱，安放一个广窑的老叟坐像，把卷看菊，作为陶渊明，标名

"赏菊东篱"。一九五三年秋间，我又参加拙政园的菊展，在一个种着两棵小松的盆景里，再种了一株含苞未放的小黄菊，松下也安放了一个老叟的坐像，标名"松菊犹存"。这两个盆景，都借重他老人家作为题材，博得了观众的好评。

我国之有菊花，历史最为悠久，算来已有二三千年了。《礼记·月令》，曾有"季秋之月，菊有黄华"之句，大概那时只有黄菊一种，不像现在这样十色五光，应有尽有。到了战国时代，爱国诗人屈原的楚辞中，曾有"夕餐秋菊之落英"的名句。为了这一句，后人聚讼纷纭，以为菊花只会干，不会落，怎么说是落英？其实屈大夫并没错，落，始也，落英就是说初开的花，色香味都好，确实可吃。

一般人都以为重阳可以赏菊，古人诗文中，也常有重阳赏菊的记载。然而据我的经验，每年逢到重阳节，往往无菊可赏，总要延迟到十月。宋代诗人苏东坡也曾经说，岭南气候不常，他原以为菊花开时即重阳，因此在海南种菊九畹，不料到了仲冬方才开放，于是只得挨到十一月十五日，方置酒宴客，补作"重九会"。

明太祖朱元璋，曾有一首菊花诗：

> 百花发，我不发；我若发，都骇煞。要与西风战一场，遍身穿就黄金甲。

就咏菊来说，那倒把菊花坚强的斗争精神，全都表达了出来。

明代名儒陆平泉初入史馆时，因事和同馆诸人去见宰相严嵩。大家争先恐后挤上前去献媚，陆却退让在后面，不屑和他们争竞。那时他恰见庭中陈列着许多盆菊，就冷冷地说道："诸君且从容一些，不要挤坏了陶渊明！"语中有刺，十分隽妙；大家听了，都面有愧色。

宋高宗时，宫廷中有一位善歌善舞的菊夫人，号"菊部头"，后来不知怎的，称病告归。太监陈源用厚礼聘请了去，把她留在西湖的别墅里，以供耳目之娱。有一天宫廷有歌舞，表演不称帝旨，提举官开礼启奏道："这个非菊部头不可。"于是重新把菊夫人召了进去，从此不出。陈源伤感之余，几乎病倒。有人作了曲献给他，名《菊花新》，陈大喜，将田宅金帛相报。后来陈每听此曲，总是感动得落泪，不久就死了。"菊部头"三字，现在往往用作京剧名艺人的代名词。

古今来歌颂菊花的诗文词赋实在太多了，举不胜举。我却单单欣赏宋末爱国者郑所南《铁函心史》中两首诗，真的是诗如其人，不同凡俗。一首是菊花歌，中有句云："万木摇落百草死，正色与秋争光明；背时独立抱寂寞，心香贞烈透寥廓。"一首是餐菊花歌，有"道人四时花为粮，骨生灵气身吐香，闻到菊花大欢喜，拍手笑歌频癫狂……尘尘劫劫黄金身，永救婆娑众生苦"等句，意义深长，浑不辨是咏菊花还是咏他自己。晚节黄花，得了这位铁骨嶙峋的爱国者一唱三叹，更觉生色不少。

我藏有一张上海故名画家王一亭所画的册页，画中有黄菊盆栽，高高地供在竹架上，一老者坐在矮几旁，持螯饮酒，意态很为悠闲，真是一幅绝妙的持螯赏菊图。原来菊花开放时，正是秋高蟹肥的季节，旧时一般文人，往往要邀一二知友，边看菊边吃蟹的。昔人小简中，如明代王伯谷寄孙汝师云："江上黄花灿若金，蟹匡大于斗，山气日夕佳，树如沐，翠色满眼，顾安得与足下箕踞拍浮乎？"张孟雨与友乞菊云："空斋如水，不点缀东篱秋色，彭泽笑人。乞移一二种，微香披座，落英可餐，当拉柴桑君持螯赏之也。"

这里都是把菊花和蟹联系在一起的。

菊花中香气最可爱的，要算梨香菊，要是把手掌覆在花朵上嗅一嗅，就可闻到一种甜香，活像是天津的雅梨。据说最初发见时，还在清代同治、光绪年间，不知由哪一个大官进贡于西太后。太后大为爱赏，后来赏了一本给南通张謇。张家的园丁偷偷地分种出卖，就流传出去，几乎到处都有了。花作白色，品种并不高贵，所可爱的，就是那一股雅梨般的甜香罢了。

在菊花时节，我怀念一位北京种菊的专家刘契园先生。他正在孜孜不倦地保存旧种、培养新种，获得了很大的成就。近年来他又采用了短日照培植法，使菊花提前一个月到两个月开放，人家的菊花正在含蕊，而他的园地上已有一部分盆菊早就怒放了。

我与刘先生虽未识面，却是神交已久。他曾托苏州老诗人张松身前辈向我征诗，我胡诌了七绝两首寄去，有"松菊为朋心似月，悬知彭泽是前身，黄金万镒何须计，菊有黄花便不贫"等句。刘先生得诗之后，很为高兴，回信说倘有机会，要把他的菊种相报。我对于他老人家的种种名菊，早就心向往之了，只是从未见过，真是时切相思；如今听说要将菊种见赐，怎么不大喜过望呢？可是地北天南，寄递不便，只好望眼欲穿地期待着。一九五六年夏苏州公园的花工濮根福同志，恰好到首都去出席全国先进生产者代表大会，我就写了封信托他带去，向刘先生道候，并婉转地说我老是在想望他的"老圃秋容"。

大会结束后，濮同志回到苏州来了，说曾见过了刘老先生，并带来了菊种六十个，共三十种，分作两份：一份赠与苏州市园林管理处，一份是赠与我的。我拜领之下，欣喜已极，就托濮同志代为培植。刘先生还开了一个名单给我，有"碧蕊玲珑""金凤含珠""霜里婵娟""杏花春雨""天孙织锦""银河长泻""霓裳仙舞""武陵春色""紫龙卧雪"，等等，都是富有诗意的名称。我一个个吟味着，又瞧着那六十个绿油油的脚芽，恨不得立刻看它们开出五色缤纷的好花来。经了濮同志几个月的辛苦培养，六十个芽全都发了叶，含了蕊，末了完全开放，真是丰富多彩，使小园中生色不少。我为了急于参加上海中山公园的菊展，就先取一本半开的黄菊，翻种在一只古铜的三元鼎里，加上一块英石，姿态入画，大书特书道："北京来的客"。

刘先生不但是个艺菊专家，而且是一位诗人。他虽已年逾古稀，却老而弥健，一面艺菊，一面赋诗，曾先后寄了两张诗笺给我，一诗一词，都以菊为题材。他那园中的室名斋名，如"寒荣室""守淡斋""晚香簃""延龄馆""寄傲轩"等，全都离不了菊，也足见他对于菊花的热爱。

刘先生艺菊，并不墨守陈规，专重老种，每年还用人工传粉杂交，因此新奇的品种层出不穷，真是富于创造性的。他除了采用短日照培植法催使菊花早开外，还想利用原子能，曾赋诗言志云：

原子云何可示踪？内含同位素相冲。叶中放射添营养，根外追肥易吸溶。利用驱虫如喷药，预期增产慰劳农。我思推进秋华上，一样更新喜改容。

我预祝他老人家成功。

一九六二年

莲

周瘦鹃

宋代周濂溪作《爱莲说》，对于出淤泥而不染的莲花，给与最高的评价，自是莲花知己。所以后人推定一年十二个月的花神，就推濂溪先生为六月莲花之神。我生平淡泊自甘，从不作攀龙附凤之想，而对于花木事，却乐于攀附。只因生来姓的是周，而世世相传的堂名，恰好又是"爱莲"二字，因此对这君子之花却要攀附一下，称之为"吾家花"。

莲花的别名最多，曰芙蕖，曰芙蓉，曰水芝，曰藕花，曰水芸，曰水旦，曰水华，曰泽芝，曰玉环，而最普通的是荷花。现在大家通称莲花或荷花，而不及其他了。莲花的种类也特别多，有并头莲、四面莲、一品莲、千叶莲、重台莲，等等，还有其他光怪陆离的异种，早就绝无而仅有，无法罗致了。

正仪镇附近有一个古莲池，至今还开着天竺种的千叶莲花。据叶退庵前辈考证，这些莲花还是元代名流顾阿瑛所手植的，因此会同几位好古之士，在池旁盖了几间屋子，雇人守护这座莲池。抗日战争前，我曾往观光，看到了一朵娇红的千叶莲花，油然而生思古之情，回来做了一首诗，有"莲花千叶香如旧，苦忆当年顾阿瑛"之句。这些年来，听说池中莲仍然无恙。据闻顾阿瑛下种时，都用石板压住，后来莲花就从石缝中挺生出来，人家要去掘取，也不容易，所以几百年来，这千叶莲花还是"只此一家，并无分出"。直到近三年间，苏州市园林管理处才去引种过来，种在拙政园远香堂外池塘中，于是就在苏州安家落户了。吾园邻近的倪氏金鱼园中，有一个小方塘，也种着千叶莲花，与正仪的不同，不知是哪里得来的种子。每年开花时，总得采几朵来给我作瓶供，花作桃红色，很为鲜艳，花型特大，花瓣多得数不清。花工张锦前去挖了几株藕来，安放在两个缸中，于是我也就有两缸千叶莲花可作清供了。后来园林管理处便向倪氏买下了他全塘的种藕，移种在狮子林的莲塘中，以供群众观赏，比了关闭在那金鱼园中孤芳自赏，实在有意义得多。

凡是美的花，谁都愿它留在枝头，自开自落，而莲却可采。古今来的诗人词客，多有加以咏叹的。就是古乐府中也有采莲曲，是梁武帝所作，曲和云"采莲渚，窈窕舞佳人"，因此就以采莲名其曲。又《乐府集》载：

> 羊侃性豪侈，善音律。有舞人张静婉者，容色绝世，时人咸推其能为掌上舞。侃尝自造采莲棹歌两曲，甚为新致，乐府谓之张静婉采莲曲。

至于唐代的几位大诗人，几乎每人都有一首采莲曲，真是美不胜收。现在且将清代诗人的两首古诗录在这里。如马铨四言古云：

南湖之南，东津之东。摇摇桂楫，采采芙蓉。左右流水，真香满空。眷此良夜，月华露浓。秋红老矣，零落从风。美人玉面，隔岁如逢。褰裳欲涉，不知所终。

徐倬七言古云：

溪女盈盈朝浣纱，单衫玉腕荡舟斜，含情含怨折荷华。折荷华，遗所思，望不来，吹参差。

词如毛大可《点绛唇》云：

南浦风微，画桡已到深深处。藕花遮住，不许穿花去。 隔藕丛丛，似有人言语。难寻溯。乱红无主。一望斜阳暮。

王锡振《浣溪纱》云：

隔浦闻歌记采莲。采莲花好阿谁边？乱红遥指白鸥前。 日暮暂回金勒辔，柳阴闲系木兰船，被风吹去宿花间。

吴锡麒《虞美人》云：

寻莲觅藕风波里，本是同根蒂。因缘只赖一线牵，但愿郎心如藕妾如莲。　带头绾个成双结，莫与闲鸥说。将家来住水云乡，为道买邻难得遇鸳鸯。

孙汝兰《百尺楼》云：

　　郎去采莲花，侬去收莲子。莲子同心共一房，侬可知莲子？　侬去采莲花，郎去收莲子。莲子同房各一心，郎莫如莲子！

　　这几首诗词都雅韵欲流，行墨间似乎带着莲花香。

　　某一年农历六月二十四日，就是所谓莲花的生日，曾与老友程小青、陶冷月二兄雇了一艘船，同往黄天荡观莲。虽没有深入荡中，却也看到了不少亭亭玉立的白莲花，瞧上去不染纤尘，一白如雪，煞是可爱！关于白莲花的故事，有足供谈助的，如唐代开元天宝间，太液池千叶白莲开，唐明皇与杨贵妃同去观赏，皇指妃对左右说："何如此解语花？"他的意思，就是以为白莲不解语，不如他的爱人了。又元和中，苏昌远居吴下，遇一女郎，素衣红脸，他把一个玉环赠与她。有一天见槛前白莲花开，花蕊中有一物，却就是他的玉环，于是忙将这白莲花折断了。这一段故事，简直把白莲瞧作花妖，当然是不可凭信的。

　　昔人赞美白莲花的诗，我最爱唐代陆龟蒙七言绝句云：

素花多蒙别艳欺，此花真合在瑶池。还应有恨无人觉，月晓风清欲堕时。

清代徐灼七言绝句云：

凉云簇簇水泠泠，一段幽香唤未醒。忽忆花间人拜月，素妆娇倚水晶屏。

又清末革命先烈秋瑾七律云：

莫是仙娥坠玉珰，宵来幻出水云乡。朦胧池畔讶堆雪，淡泊风前有异香。国色由来夸素面，佳人原不借浓妆。东皇为恐红尘涴，亲赐寒簧明月裳。

这三首诗，可算是赞美白莲花的代表作。

苏州公园去吾家不远，园中有两个莲塘，一大一小，种的都是红莲花，鲜艳可爱。入夏我常去观赏，瞧着那一丛丛的翠盖红裳，流连忘返。至于吾家梅丘下的莲塘中，虽有白色、浅红色两种，每年开了好几十朵，不过占地太小，同时也只开二三朵，不足以餍馋眼。乡前辈潘季儒先生擅种缸莲，有层台、洒金、镶边玉钵盂、绿荷、粉千叶等名种，叹为观止。前几年分根见赐，喜不自胜，年年都是开得好好的。

老友卢彬士先生是吴中培植碗莲的唯一能手，能在小小一个碗里，开出一朵朵红莲花来。每年开花时节，往往以一碗相赠，作爱莲堂案头清供。据说这种子就是层台的小种，是从安徽一个和尚那里得来的。可惜室内不能供得太久，怕别的菡萏开不出来，供了半小时，就要急急地移出去了。

花之社

范烟桥

沪宁路下行车一过浒墅关，就看见一座一座玻璃花房，朝阳照着，反射出晶莹的光彩。连那一片一片的田塍上，也像圆桌形地排列着绿油油的栽在盆里的花树。

这个大园地在虎丘山下，是长青人民公社的茶花大队和香花大队的生产区域，花农们世代相传地在那里种着珠兰、茉莉、玳玳、玫瑰和白兰花，用来窨茶叶，成为花茶。北方人很熟悉的"香片""大方"，都称花茶。花茶泡开了，香气扑鼻，使茶味更芳洌更能解渴。即使茶叶老一点，有了花香，就减少了苦涩。

从虎丘山下向西走去，进入一个大花园，常有一阵阵轻淡的花香从风中送来。田塍上的茉莉，含苞欲放，小儿女们蹲着剥花瓣，帮助迟开放的赶上大群，因而香气四溢了。很难计算，今年的茉莉有多少产量，可是花农们凭着经验，会含着笑意告诉我们，肯定比去年好。因为人民公社的集体生产，不像过去合作社在培植上有种种限制。倘然他们回想解放以前，一家一户的单干，更会感慨地告诉我们，有"花台"的高利贷,"花秤"的中间剥削,他们并不比种稻麦的农民的生活好。

花农们像爱护儿女一样无微不至的关心那些花树,摸熟它们的性格,注意它们需要的阳光和雨露,不能太干,不能太湿,一天要浇几次水,才是适当。什么时候要脱盆,什么时候要上盆。还得给它们除虫害。须透风,也须遮阳。恐怕抚养儿女们还没有这样麻烦。我们吃到了一瓯香茶,还得体味花农们所费的心血。

走进花农居住的地方,屋子四周,生长着高过屋檐的白兰花,树上满缀着雪白粉嫩的花朵。我们可以想,一朵白兰花,拈在手里,已经是甜香微度,令人陶醉。现在几千朵丛集在一起,香气该是怎样的浓洌。老树还保留着旺盛的生命力,它的嫩枝也因插种而渐成幼树,三五年后,传种接代,繁衍了它的一族。但它们只是在五六十年前,从接近热带的福建、广东移植过来的,经过花农们的悉心培植,现在在苏州也成为土著的大族了。

珠兰、玳玳也是从华南来的。它们很娇弱,更耐不住苏州冬令气候的寒冷,非送进温室不可。那数百座玻璃花房,就是专为它们而建筑起来的。它们在花房里,不受风霜雨雪的威胁,就能欣欣向荣了。玳玳不仅可以窨茶,单独放几朵在茶里已有清香。这和玫瑰一样,是茶的附丽物。

这里的花农,还有特别擅长的技能,行有余力,种植别的花木,每年农历四月十四日前后,担着到市上去卖,那阊门城内上下塘百花杂陈,成为花市。他们还能熟练地运用审美观念把太湖石堆成假山。宋、元、明、清七八百年来,苏州一百多处的大小庭园的假山,都出自他们几代祖先之手，至今还有几个继承者。他们自己给这种行业题一个名词，叫"花园子"。倘然稽考一些地方文献，知道是宋代朱勔"花石纲"的遗留影响。清代乾隆时，沈归愚有《过虎丘花衖偶作》：

"绿水园中路，由来朱勔家。子孙遭众遣：窜逐禁栽花。艮岳久成劫，山塘转斗花。可能存隙地，留与种桑麻。"

他指的虎丘花农中，有朱勔的子孙。近人徐珂的《康居笔记》说：

"宣统辛亥孟春，游虎丘，遇花佣朱经葆，自言远祖为宋之大官。珂目笑之。一日，检阅乾隆《虎丘志》云：郡中人家园林，欲栽培花果，葺编竹屏草篱者，非虎丘人不为功。相传宋朱勔以花石纲误国，子孙屏斥不与民之列，因业种花，今其遗风也。"

苏州人家的爱花癖好，极为普遍，即使没有隙地，也要用盆盎种植些花花草草放在阶前檐下，以供欣赏。到了春天、秋天，花农把梅、菊、蔷薇、月季、鸡冠之属，装满了一船，到四乡去卖。所以苏州花木的领域极为广大。而种茶花窨为花茶，则是近年来的发展。苏州，并不是产茶地区，有了花农种植多量的茶花，茶厂掌握了窨茶的技法，别的地方的茶，也到苏州来加工，需求相应，长青人民公社就成为"花之社"。郑板桥描写扬州的风俗，有诗云"十里栽花算种田"。现在可以移咏苏州的"花之社"了。

花之社簇拥着虎丘，虎丘做了花之社的背景，我们在登临游览的余闲，到花之社去看花，领受花香，将更有诗意，觉得虎丘是一个园林，而花之社又是一个园林，苏州真是园林的城市。

清华园之菊

孙福熙

　　归途中，我屡屡计划回来后画中国的花鸟，我的热度是很高的。不料回到中国，事事不合心意，虽然我相信这是我偷懒之故，但总觉得在中国的花鸟与在中国的人一样的不易亲近，是个大原因。现在竟得与这许多的菊花亲近而且画来的也有六十二种，我意外的恢复对我自己的希望。

　　承佩弦兄之邀，我第一次游清华学校。在与澳青君一公君三人殷勤的招待中，我得到很好的印象，我在回国途中渴望的中国式的风景中的中国式人情，到此最浓厚的体味了；而且他们兼有法国富有的活泼与喜悦，这也是我回国后第一次遇见的。

　　在这环境中我想念法国的友人，因为他们是活泼而喜悦的，尤其因为他们是如此爱慕中国的风景人情的。在信中我报告他们的第一句就说我在看菊花；实在，大半为了将来可以给他们看的缘故，我尽量地画了下来。

　　从这个机会以后，我与菊花结了极好的感情，于是凡提到清华就想起菊花，而遇到菊花又必想见清华了。

在我们和乐的谈话中，电灯光底下，科学馆、公事厅与古月堂等处，满是各种秀丽的菊花，为我新得的清华的印象做美。然而我在清华所见的菊花，大部并不在此而在西园。

广大的西园中，大小的柳树，带了一半未落的黄叶，杂立其间，我们在这曲折的路径中且走且等待未曾想象过的美景。走到水田的旁边，芦苇已转为黄色，小雀们在这里飞起而又在稍远处投下。就在这旁边，有一道篱笆，我们推开柴门进去。花畦很整齐的排列着，其中有一条是北面较高中间洼下的，上面半遮芦帘。许多菊花从这帘中探头向外，呵，我的心花怒放了！

然而引导者并不停足，径向前面的一所茅屋进行。屋向南，三面有土墙，就是挖窝中的泥所筑的，正可利用。留南面，日光可以射入。当我一步一步地从土阶下去时，骤然间满室高低有序的花朵印上我的心头，我惊惧似的喘息，比初对大众演说时更是害羞，听演说的人的心理究竟还容易推测，因为他们只是与我仿佛的人；而众菊花则不然，只要看他们能竭尽心力地表现出各个的特长，可见他们不如大多数人的浅薄的，我疑惧他们不知如何的在窃笑我的丑陋呢。可是，我静下心来体察，满室的庄严与和蔼，他们个个在接纳我。在温和而清丽的气流中，众香轻扑过来，更不必说叶片的向我招展与花头的向我顾盼了。于是我证明在归航中所渴望的画中国花鸟不只是梦想了。

等我上城来带了画具第二次到清华时，再见菊花，知道已变了些样子，半放者已较放大，有几朵的花瓣已稍下垂了。我着急，知道我的生命的迫促，而且珍惜我与花的因缘之难得，于是恨不得两手并画，恨不得两眼分看地忙乱开工了。

可是，我敢相信第一次拥抱爱人时所发情感的活痒；满心包围着快乐的畏惧，想立刻得到安慰，又怕亵渎了爱人的尊严，我对于我所爱慕的花将怎样的下笔呢！我深深地体味；此后，这样富有的花将永远保藏在我的纸上，虽然不敢说他将为我所主有；然而我将怎样能使他保留在我的纸上呢？我九分九的相信我不能画像他。试想一想，在一百笔两三百笔始能完成的一幅画中何难有一笔两笔的败笔呢。所以，在这短促不及踌躇中我该留神使这一两百笔丝毫没有污点；我敢说，这比第一次拥抱爱人时之戚戚为将来一生中的交际的污点而担忧者更甚了，因为时间是这样的短促。于是，虽然很急，都因为爱他而不敢轻试，我尽管拿了笔擎在纸上不敢放下去。

我虽然刻刻竭力勉励从阔大处落墨，然而爱好细微的性质总像不可改易的了。在这千变万化奇上有奇的两百余种的当中，我第一张画的是"春水绿波"。洁白的花朵浮在翠绿的叶上，这已够妖媚的了，还有细管的花瓣抱焦黄的花心而射向四周，管的下端放开，其轻柔起伏有如水波的荡漾。我不怕亵渎他而在他面前来说尘埃：无论怎样巨细的秽物沾在他的上面，绝不能害他的洁白，因为他有他的本性，不必矜夸而人自然地仰慕他，所以也绝不以外物之污浊而害真。我竭尽心目的对他体味，自信当已能领会他的外表不九分也八分了。可是我失败了，明白地看得出，在我纸上的远不及盆中的——虽然我曾很担忧，因为我的纸上将保藏这样灿烂的花，非我所宜有。然而现在并不因失败而觉得担负的轻松。

镇静了我的抱歉、羞愧与失望的心思，我想，侥幸的花张起眼帘在看我作画，也绝不因我不能传出他的神而恼怒的罢，我当如别的浊物之不能损害他是一样的。看了他的宽大与静默，我敢妄想，或者他在启示我，羞愧是不必的，失望尤其是不该，他这样装束这样表现得向人，想必不是毫无用意的。于是我学了他静默的心，自然的有了勇气，继续画下去了。

这许多菊种于我都是新奇而十分可以爱慕的，在急忙而且贪多的手下将先画哪几种呢？每一种花有纸条标出花名。"夕阳楼"高丈余，宽阔的瓣，内红而外如晚霞；"快雪时晴"直径有一尺，是这样庞大的一个雪球，闪着银光；"碧窗纱"细软而嫩绿，丝丝如垂帘；"银红龙须"从遒劲的细条中染出红芽的柔嫩：满眼各种性质不同的美丽，这与对一切事物一样，我不能品定谁第一，谁其次，我想指定先画谁也是做不到。于是我完全打消优劣的观念，在眼光如灯塔的旋转的时候，我一种一种地画。

高大的枝条上，绛红的一周，围在一轮黄色的花心外，这是很确切的名为"晓霞捧日"的。他的红色非我所能用我可怜的画盘中的颜色配合而摹拟的。他最不愿有人世所有的形与色，却很喜欢有人追过他。少年人学了他的性质，做成愈难愈好的谜语要人去猜，人家猜中了，他便极其高兴。

我要感谢侍奉这种菊花的杨鲁两君，并且很想去领教他们的经验，特请一公兄为我请求。

四点钟以后，太阳渐渐地从花房斜过，只当得一角了，在微微的晚寒中我忙乱地画着。缓得几乎听不出的步声近我而来，到了我近旁时我才仰起头来看他。这就是种这菊花的杨寿卿先生。

　　眉目不轩不轻，很平静地表出他的细致与和蔼，从不轻易露出牙齿的口唇上立刻知道他是沉默而忍耐的，而额角以下口鼻之间的丝丝脉理是十分灵敏，自然的流露他的智慧，杨先生或指点或抚弄他亲爱的菊花，对我讲他培养的经验。

　　他种菊已五年了，然而他的担任清华学校职务是从筹备开办时起的。他说："每天做事很单调也很辛苦，所以种种菊花。"辛苦而再用心用力来种菊就可不辛苦，这有点道理了！

　　我竭力设想他所感觉到的菊花，然而这是怎么能够呢。他是从菊花的很小的萌芽看起的，而且他知道他们的爱恶，用了什么肥料他们便长大，受了多少雨水与日光他们便喜悦，他还知道今年的花与往年的比较。我是外行人，就是辨别花的形色也是不确实的；而他们要在没有花时识别花的种类，所以他只要见到叶的一角就认识这是哪一种了，这与对家人好友听步声就知道是谁，看物品移动的方位就知道谁来过了是一样的。

　　每天到四点钟杨先生按时到来了。他提了水壶灌在干渴的花盆中，同时我也得到他灌输给我的新知识。

　　我以前只知道菊花是插枝的，倘若接枝他便开得更好，有的接在向日葵上，开来的菊花就如向日葵的大了。现在知道菊是可以采用种子的。插枝永远与母枝不变，而欲得新奇的花种非用子种不可。

这里就有奇怪的事了，取种子十粒下种，长起来便是不同的十种。可是这等新种并不株株是好的，今年四百新种当中只采了二十余种。不足取的是怎样的呢？这大概是每一朵中花瓣大小杂乱，不适合于美的条件统一匀称，所谓不成品是也。不成品的原因大概在于花粉太杂之故，所以收种应用人工配合法。

"紫虬龙"那样美丽的花就是配合而成的。细长直管的"喜地泥封"与拳曲的"紫气东来"相配合，就变了长管而又拳曲，如军乐用号的管子，这样有特性的了。他的父母都是紫色的，他也是紫色。倘若父母是异色的，则新种常像两者之一或介于两者之间，但绝不出两者之外。因为他们在无穷的变化中有若干的规律，所以配种当有限制了。大概花瓣粗细不同的两种配合总是杂乱的，所以配合以粗细相仿者为宜。

花房中，两株一组，有如跳舞的，有许多摆着，杨先生每次来时，拿了纸片，以他好生之德在各组的花间传送花粉。据说种子的结成是很迟的，有的要到第二年一月可收。我推想这类种子当年必不能开花的了，讵知大不然，下种在四月，当初确实很细弱，但到六月以后，他们就加工赶长，竟能长到一丈多高与插枝一样。

凡新种的花一定是很大的，不像老种如"天女散花"与"金连环"等等永远培植不大也不高者。可是第一年的花瓣总是很单的，以后一年一年的多起来；而在初年，花的形状也易变更，第一年是很整齐的，或者次年是很坏了，几年之后始渐渐的固定。

我很爱"大富贵"，他正在与"素带"配合。牡丹是被称为富贵花的，然而这名字不能表示他所有性状的大部。我要改称这种菊花为"牡丹"，因为他有牡丹所有一切的美德。他的身材一直高到茅屋的顶篷再俯下头来。花的直径大过一尺；展开一瓣，可以做一群小鸟的窠，可以做一对彩蝶的衾褥。我也仰着头瞻望他，希望或者我将因他而有这样丰满这样灿烂的一个心。我明白，他不过是芥子的一小粒花蕾长大起来的，除少数有经验的以外，谁想到他是要成尺余大的花朵的。到现在，蜜蜂闹营营地阵阵飞来道贺，他虽静默着，也乐受蜂们的厚意。杨先生每晚拂刷"牡丹"的花粉送给"素带"；他身上是北京人常穿的蓝布大褂，然而他立在锦绣丛中可无愧色，他的服装因他的种种而愈有荣誉了。我可预料而且急切地等待明年新颖种子的产出，我敢与杨鲁两先生约："你们每年培植出新鲜颜色的菊种，而我也愿竭力研究我可怜的画盘中的颜色，希望能够追随。"这样两种美丽的花，在我们以为无可再美的了，不知明年还要产出许多的更美的新种，我真的神往了。对大众尽力表现这等奥妙是我们"做艺"的人的天职；在不可能的时候，我们只有尽心超脱自己，虽然我是不以此为满足的。

一人在远隔人群的花房中，听晚来归去的水鸟单独地在长空中飞鸣，枯去的芦叶惊风而哀怨，花房的茅篷也丝丝飘动，我自问是否比孤鸟衰草较有些希望。满眼的菊花是我的师范，而且做了陪伴我的好友。他们偏不与众草同尽，挺身抗寒，且留给人间永不磨灭的壮丽的印象。我手下正在画"趵突喷玉"，他用无穷的力，缕缕如花筒的放射出来。他是纯白的，然而是灿烂；他是倔强的，然而是建立在柔弱的身体上的。我心领这种教训了。

与杨先生合种菊花的鲁壁光先生正与杨先生同任舍务部职务的。每天正午是公余时间，轮到他来看护菊花。有一次，他引导几位客人来看菊，同时看我纸上的菊花，他看完每页时必移开得很缓，使不露出底下一张上我注有的花名。很高兴的，他与客人看了画猜出花的名字来。他说："画到这样猜得出，可不容易了。"

当时我非但不觉得他的话对我过誉，我要想，难道画了会不像的？所以我还可以生气。我自己所觉得可以骄傲的，我相信，在中国不会有人为他们画过这许多种，我对他们感激，而他们也当认我为难逢罢。

临行的前夜，我到俱乐部去向杨先生道别，他在看人下棋。这一次的谈话又给我许多很大的见识。其中有一段，他说："北京曾有一人，画过一本菊谱。"我全神贯注地听他了。他继续说："他们父女合画，那是画得精细，连叶脉都画得极真的。因为每一种的叶都不同，叶子比花还重要，花不是年年一样的，在一年内必定画不好。所以要画一定要自己种花，知道今年这花开好了，可以画了。那两位父女自己种花，而且画了五年才成的。"我以为我的画菊是空前的。然而这时候我无暇忏悔我以前的自满了，我渴想探问他，在哪里可以见到这本菊谱，但我不敢急忙就说，于是曲折地先问。

"这位先生姓什么呢？"

"姓蔡的。"

"杨先生与他很熟识吗？"

"不熟识的。"

"能够间接介绍去一看吗？"

"我也只见过一页。那真精细，真的用功夫的呢。"

杨先生幼年时就种菊花，因为他的父亲是爱花的，而且他家已三代种菊了。

为什么自己以为是高尚以为是万能的人总是长着一样可憎的口鼻心思，用了这肉体与精神所结构的出品，无非像泥模里铸出来的铁锅的冥顽，而且脱不出旧样？菊花们却能在同样的一小粒花蕾中放出这样新奇这样变化富有一切的花朵，非无能的人所曾想象得到甚且看了也不会模仿的。有一种的花瓣细得如玉蜀黍的须了，一大束散着，人没有方法形容他的美，只给他"棕榈拂尘"的一个没有生气的名字；有一种是玉白色的，返光闪闪，他的瓣宽得像莲花的样子，所以名为"银莲"，其实还只借用了别种自然物的名称，人不能给他一个更好的名字。还有可奇的，他们为了要不与他种苟同，奇怪得使我欲笑，有一种标明"黄鹅添毛"者，松花小鹅的颜色，每瓣钩曲如受惊的鹅头，挨挤在一群中。最妙的他怕学得不像，特在瓣上长了毛，表示真的受惊而毛悚了，题首的图就是"黄鹅添毛"的名字我不喜欢，乃改称他为"小鹅"。

有许多名称是很有趣的，这胜过西洋的花名，然而也有不对的。况且种菊者各自定名，不适用于与人谈讲，最好能如各种科学名词的选择较好者应用，然而这还待先有一种精细而且丰富的菊谱出现。

一班人叫中国要亡了，为什么不去打仗；一班人叫闭门读书就是爱国。倘若这两种人知道我画了菊花，甚且愿消费时间做无聊的笔记，定要大加训斥的。我很知道中国近来病急乱投药的情形，他们是无足怪的。其实在用武之地的非英雄的悲哀远比英雄无用武之地者为甚。现在的中国舆论不让人专学乐意的一小部分；因为缺人，所以各人拉弄他人入伍。实在像我这样的人只配画菊花的,本来不必劳这一班那一班人责备的——可是,我要对自己交代明白,我应该画他人不爱而我爱的菊花,一直画到老。我喜欢学他人所不喜欢学的东西,这将是我的长处。

做人二十七年了,以前知道有这许多菊花,知道这许多菊花的性情吗?我知道还有更多的事物为我所不知道的,就是关于菊花的也千倍万倍的多着,我想耐心而且尽力地去考究。宰平先生于讲起古琴时说北京各种专门家之多,可惜他们不说,没有方法知道他们。真的,我们在这富有的人海中感着寂寞感着干燥,可惜我们不知道愿意陪伴我们给我们滋润的人。我决定人间多着有知识懂得生活的人,不只是种菊一事。

十二月二十九日

可贵的山茶花

邓 拓

我生平最喜欢山茶花。前年冬末春初卧病期间，幸亏有一盆盛开的浅红色的"杨妃山茶"摆在床边，朝夕相对，颇慰寂寥。有一个早上，突然发现一朵鲜艳的花儿被碰掉了，心里觉得很可惜。我把她拾起来，放在原来的花枝上，借着周围的花叶把她托住。经过了二十天的时间，她还没有凋谢。这是多么强烈的生命力啊！当时我写了一首小诗，称颂这朵山茶花：

> 红粉凝霜碧玉丛，
> 淡妆浅笑对东风。
> 此生愿伴春长在，
> 断骨留魂证苦衷。

她的粉红色花瓣，又嫩又润，恍惚是脂粉凝成的；衬着绿油油的叶子，又厚又有光泽，好像是用碧玉雕成的；一株小树能开许多花朵，前后开花的时间，可以连续两个月。似乎在严寒的季节，她就已经预示了春天的到来；而在东风吹遍大地的时候，她更加不愿离去，即便枝折花落，她仍然不肯凋谢，始终要把她的生命献给美丽的春光。这样坚贞优美的性格，怎能不令人感动啊！

今年春节，我有机会在云南的昆明和大理等地，看到各色各样的山茶花。特别是在大理，不但所有的公共场所都遍栽山茶花，而且许多居民的庭院中也尽是山茶花。在这个古老的小县城里，春节前夕的街头，到处摆满了小摊，出售野生的山茶花。我当时看到这番情景，马上产生一个强烈的印象，觉得这个小巧玲珑的古城，把它叫作"茶花城"，一点也不过分。美丽的山茶花，使这里的山水人物，全都变得那么娇艳可爱了。仰望苍山，俯瞰洱海，听着五朵金花公社的歌声，看着金花银花姐妹们热情的笑脸，人们的生活更显得丰富而美满，如诗如画，永不凋谢，永远繁荣！

这样美丽的山茶花乃是我国西南地区的特产，而以云南、四川为最。明代的王世懋，在他的著作《学圃杂疏》的"花疏"中写道：

吾地山茶重宝珠。有一种花大而心繁者，以蜀茶称，然其色类殷红。尝闻人言，滇中绝胜。余官莆中，见士大夫家皆种蜀茶，花数千朵，色鲜红，作密瓣，其大如杯。云：种自林中丞蜀中得来，性特畏寒，又不喜盆栽。余得一株，长七八尺，异归，植淡园中，作屋幕于隆冬，春时撤去。蕊多辄摘却，仅留二三花，更大绝，为余兄所赏。后当过枝，广传其种，亦花中宝也。

王世懋是江苏太仓人，为明代著名诗人王世贞的弟弟。从他的这一节记载中，我们可以看出，明代嘉靖年间，江苏等地的山茶花，大概都由四川和云南移植过去的。王世懋在书中还介绍了黄山茶、白山茶、红白茶梅、杨妃山茶等许多品种。在他以后，到明代万历年间，王象晋写了一部《群芳谱》，其中对山茶花又做了详细的介绍：

> 山茶一名曼陀罗，树高者丈余，低者二三尺，枝干交加。叶似木樨，硬有梭，稍厚；中阔寸余，两头尖，长三寸许；面深绿，光滑；背浅绿，经冬不脱。以叶类茶，又可作饮，故得茶名，花有数种，十月开至二月。有鹤顶茶，大如莲，红如血，中心塞满如鹤顶，来自云南，曰滇茶玛瑙茶，红黄白粉为心，大红为盘，产自温州。宝珠茶，千叶攒簇，色深少态。杨妃茶，单叶，花开早，桃红色，焦萼。白似宝珠，宝珠而蕊白，九月开花，清香可爱。正宫粉、赛宫粉，皆粉红色。石榴茶，中有碎花。海榴茶，青蒂而小。菜榴茶、踯躅茶，类山踯躅。真珠茶、串珠茶，粉红色。又有云茶、磬口茶、茉莉茶、一捻红、照殿红。

在这里介绍了许多种山茶花的名目和特点，很有参考价值。但是，他说山茶又叫作曼陀罗，后来其他作者也这么说，这一点我却有另外的解释。曼陀罗显然是梵语的译音，并非我国原有的名称。而山茶花的原产地的确是我们中国，所以介绍她的本名只能用中国原有的名称，而不应该采用外来的名称。

唐代段成式的《酉阳杂俎》，早已肯定了山茶花的名称和基本特征。他说："山茶，叶似茶树，高者丈余，花大盈寸，色如绯，十二月开。"到了宋代，范成大在《桂海虞衡志》中，更把山茶花分为南北两大类，一类是以当时的中原，即所谓中州所产的为代表；另一类则是南山茶，就是我们现在所说的云南四川等地的山茶花。估计自古迄今南北各地山茶花的种类，总在一百种上下。正如明代的李时珍在《本草纲目》中所说的，"山茶之名，不可胜数"。这就好比菊花的名目一样，随着人工栽培技术的不断进步，她们的花色品种也必然会越来越多。李时珍在《本草纲目》中还介绍了山茶花的许多用途和医药价值。这就证明，她不但可供人们欣赏，而且是人们养生祛病的良友啊！

虽然，最珍贵的山茶花品种，目前还只能在南方温暖的地带有繁殖的条件。但是也可以断定，只要培植得法，她同样可以适应北方的气候和土壤，而逐渐繁殖起来，只要条件适宜，山茶花的寿命可以延续很久。据明代隆庆年间冯时可写的《滇中茶花记》所说："茶花最甲海内……寿经三四百年，尚如新植。"看来在我国南北各地，如果经过植物学家和园艺技师的共同研究，完全有可能把昆明、大理等处最好的山茶花品种，普遍移植，绝无问题。这比起在欧洲、美洲各国种植山茶花，条件要好得多了。人们都知道，法国人加梅尔，在十七世纪的时候，曾将中国的山茶花移植到欧洲，后来又移植到美洲。难道我们要在国内其他地区移植还不比他们更容易吗？

但是，无论天南海北的人，每当欣赏山茶花的时候，都不应该忘记她还有一段动人的传说。这是流传在云南白族人民中的一个神话故事。它告诉我们：古代有个魔王，嫉恨人间美满的生活，他用魔法把大地变成一片惨白的世界，不让有红花绿叶留在人间。但是，人们是爱惜自己的美好生活的。一位白族的少女，毅然决然地献出了不朽的青春，献出了宝贵的生命，用自己的鲜血，重新染红了山茶花，用自己的胆汁重新染绿了花叶。从那以后，山茶花才更加娇艳地出现在大地上。

怪不得历来有无数的诗人，写了无数的诗篇，一致赞赏山茶花的高贵品质。

这里应该首先提到宋代苏东坡歌咏山茶花的一首七绝。他写道：

山茶相对阿谁栽？

细雨无人我独来。

说似与君君不会，

烂红如火雪中开。

宋代另一个著名诗人范成大，也写了许多赞美山茶花的诗，其中有一首绝句是：

折得瑶华付与谁？

人间铅粉弄妆迟。

直须远寄骖鸾客，

鬓脚飘飘可一枝！

特别应该记住，爱国诗人陆放翁，因为看到花园里有"山茶一树，自冬至清明后，著花不已"，曾经写了两首绝句，大加赞扬：

东园三日雨兼风，

桃李飘零扫地空。

惟有小茶偏耐久，

绿丛又放数枝红。

雪里开花到春晚，

世间耐久孰如君？

凭栏叹息无人会，

三十年前宴海云。

在宋代的诗人中，就连曾子固素来被认为不会写诗的人，也都写过几首诗，尽情歌唱山茶花的秀艳和高尚的性格。曾子固的诗中有些句子也很动人。比如，他说："为怜劲意似松柏，欲攀更惜长依依。"

他把山茶花和松柏相比，可算得估价极高了。

后来元、明、清各个朝代都有许多著名的诗人和画家，用他们的笔墨和丹青，尽情地描绘这美丽的山茶花。如今，我们生活在东风吹遍大地的新时代，我们要让人民过着日益美满幸福的生活，我们对于如此美丽而高贵的山茶花，怎么能不加倍地珍爱呢！

快阁的紫藤花

徐蔚南

细雨濛濛，百无聊赖之时，偶然从《花间集》里翻出了一朵小小枯槁的紫藤花，花色早褪了，花香早散了。啊，紫藤花！你真令人怜爱呢。岂仅怜爱你，我还怀念着你底姊妹们——一架白色的紫藤，一架青莲色的紫藤——在那个园中静悄悄地消受了一宵冷雨，不知今朝还能安然无恙否？

啊，紫藤花！你常住在这诗集里吧，你是我前周畅游快阁的一个纪念。

快阁是陆放翁饮酒赋诗的故居，离城西南三里，正是鉴湖绝胜之处。去岁初秋，我曾经去过了，寒中又重游一次，前周复去是第三次了。但前两次都没有给我多大印象，这次去后，情景不同了，快阁底景物时时在眼前显现——尤其使人难忘的，便是那园中的两架紫藤。

快阁临湖而建，推窗外望：远处是一带青山，近处是隔湖的田亩。田亩间分成红绿黄三色：红的是紫云英，绿的是豌豆叶，黄的是油菜花。一片一片互相间着，美丽得远胜人间锦绣。东向，丛林中，隐约间露出一个塔尖，尤有诗意。桨声渔歌又不时从湖面飞来。这样的景色，晴天固然好，雨天也必神妙，诗人居此，安得不颓放呢？放翁自己说："桥如虹，水如空，一叶飘然烟雨中，天教称放翁。"是的，确然天叫他称放翁的。

阁旁有花园二，一在前，一在后。前面的一个又以墙壁分成为二，前半叠假山，后半凿小池。池中植荷花；如在夏日，红莲白莲盖满一池，自当另有一番风味。池前有春花秋月楼，楼下有匾额曰"飞跃处"，此是指池鱼言。其实，池中只有很小很小的小鱼，要它跃也跃不起来，如何会飞跃呢？

园中的映山红和踯躅都很鲜妍，但远不及山中野生的自然。

自池旁折向北，便是那后花园了。

我们一踏进后花园，便一架紫藤呈在我们眼前。这架紫藤正在开花最盛的时候，一球一球重叠盖在架上了，俯垂在架旁的尽是花朵。花心是黄的，花瓣是洁白的，而且看上去似乎很肥厚的。更有无数的野蜂在花朵上下左右嗡嗡地叫着——乱哄哄地飞着。它们是在采蜜吗？它们是在舞蹈吗？它们是在和花朵游戏吗？

我在架下仰望这一堆花，一群蜂，我便想象这无数的白花朵是一群天真无垢的女孩子，伊们赤裸裸地在一块儿拥着，抱着，偎着，卧着，吻着，戏着，那无数的野蜂便是一大群底男孩，他们正在唱歌给伊们听，正在奏乐给伊们听。渠们是结恋了。渠们是在痛快地享乐那阳春。渠们是在创造只有青春，只有恋爱的乐土。

这种想象绝不是仅我一人所有，无论谁看了这无数的花和蜂都将生出一种神秘的想象来。同我一块儿去的方君看见了也拍手叫起来，他向那低垂的一球花朵热烈地亲了个嘴，说道："鲜美呀！呀，鲜美！"他又说："我很想把花朵摘下两枝来挂在耳上呢。"

离开这架白紫藤十几步，有一围短短的冬青。绕过冬青，穿过一畦豌豆，又是一架紫藤。不过这一架是青莲色的，和那白色的相比，各有美处。但是就我个人说，却更爱这青莲色的，因为淡薄的青莲色呈在我眼前，便能使我感到一种平和，一种柔婉，并且使我有如饮了美酒，有如进了梦境。

很奇异，在这架花上，野蜂竟一只也没有。落下来的花瓣在地上已有薄薄的一层。原来这架花朵底青春已逝了，无怪野蜂散尽了。

我们在架下的石凳上坐了下来，观看那正在一朵一朵飘下的花儿。花也知道求人爱怜似的，轻轻地落了一朵在我膝上，我俯下看时，颈项里感到飕飕地一冷，原来又是一朵。它接连着落下来，落在我们底眉上，落在我们底脚上，落在我们底肩上。我们在这又轻又软又香的花雨里几乎睡去了。

猝然"骨碌碌"一声怪响，我们如梦初醒，四目相向，颇形惊诧。即刻又是"骨碌碌"地响了。

方君说："这是啄木鸟。"

临去时，我总舍不得这架青莲色的紫藤，便在地上拾了一朵夹在《花间集》里。夜深人静的时候，我每取出这朵花来默视一会儿。

花　潮

李广田

昆明有个圆通寺。寺后就是圆通山。从前是一座荒山，现在是一个公园，就叫圆通公园。

公园在山上。有亭，有台，有池，有榭，有花，有树，有鸟，有兽。

后山沿路，有一大片海棠，平时枯枝瘦叶，并不惹人注意，一到三四月间，真是花团锦簇，变成一个花世界。

这几天天气特别好，花开得也正好，看花的人也就最多。"紫陌红尘拂面来，无人不道看花回"，办公室里，餐厅里，晚会上，道路上，经常听到有人问答："你去看海棠没有？""我去过了。"或者说："我正想去。"到了星期天，道路相逢，多争说圆通山海棠消息。一时之间，几乎形成一种空气，甚至是一种压力、一种诱惑，如果谁没有到圆通山看花，就好像是一大憾事，不得不挤点时间，去凑个热闹。

星期天，我们也去看花。不错，一路同去看花的人可多着哩。进了公园门，步步登山，接踵摩肩，人就更多了。向高处看，隔着密密层层的绿荫，只见一片红云，望不到边际，真是"寺门尚远花光来，漫天锦绣连云开"。这时候，什么苍松啊，翠柏啊，碧梧啊，修竹啊……都挽不住游人。大家都一口气地攀到最高峰，淹没在海棠花的红海里。后山一条大路，两旁，四周，都是海棠。人们坐在花下，走在路上，既望不见花外的青天，也看不见花外还有别的世界。花开得正盛，来早了，还未开好，来晚了已经开败，"千朵万朵压枝低"，每棵树都炫耀自己的鼎盛时代，每一朵花都在微风中枝头上颤抖着说出自己的喜悦。"喷云吹雾花无数，一条锦绣游人路"，是的，是一条花巷，一条花街，上天下地都是花，可谓花天花地。可是，这些说法都不行，都不足以说出花的动态，"四厢花影怒于潮"，"四山花影下如潮"，还是"花潮"好。古人写诗真有他的，善于说出要害，说出花的气势。你不要乱跑，你静下来，你看那一望无际的花，"如钱塘潮夜澎湃"，有风，花在动，无风，花也潮水一般地动，在阳光照射下，每一个花瓣都有它自己的阴影，就仿佛多少波浪在大海上翻腾，你越看得出神，你就越感到这一片花潮正在向天空向四面八方伸张，好像有一种生命力在不断扩展。而且，你可以听到潮水的声音，谁知道呢，也许是花下的人语声，也许是花丛中蜜蜂嗡嗡声，也许什么地方有黄莺的歌声，还有什么地方送来看花人的琴声，歌声，笑声……这一切交织在一起，再加上风声，天籁人籁，就如同海上午夜的潮声。大家都是来看花的，可是，这个花到底怎么看法？有人走累了，拣个最好的地方坐下来看，不一会儿，又感到这里不够好，也许别个地方更好吧，于是站起来，既依依不舍，又满怀向往，慢步移向别处去。多数人都在花下走来走去，这棵树下看看，好，那棵树下看看，也好，伫立在另一棵树下仔细端详一番，更好，看看，想想，再看看，再想想。有人很大方，只是驻足观赏，有人贪心重，伸手牵过一枝花来摇摇，或者干脆翘起鼻子一嗅，再嗅，甚至三嗅。"天公斗巧乃如此，令人一步千徘徊"。人们面对这绮丽的风光，真是徒唤奈何了。

老头儿们看花，一面看，一面自言自语，或者嘴里低吟着什么。老妈妈看花，扶着拐杖，牵着孙孙，很珍惜地折下一朵，簪在自己的发髻上。青年们穿得整整齐齐，干干净净，好像参加什么盛会，不少人已经穿上雪白的衬衫，有的甚至是绸衬衫，有的甚至已是短袖衬衫，好像夏天已经来到他们身上，东张张，西望望，既看花，又看人，阳气得很。青年妇女们，也都打扮得利利落落，很多人都穿着花衣花裙，好像要与花争妍，也有人搽了点胭脂，抹了点口红，显得很突出，可是，在这花世界里，又叫人感到无所谓了。很自然地想起了龚自珍《西郊落花歌》中说的，"如八万四千天女洗脸罢，齐向此地倾胭脂"，真也有点形容过分，反而没有真实感了。小学生们，系着漂亮的红领巾，带着弹弓来了，可是他们并没有射击，即便有鸟，也不射了，被这一片没头没脑的花惊呆了。画家们正调好了颜色对花写生，看花的人又围住了画花的，出神地看画家画花。喜欢照相的人，抱着照相机跑来跑去，不知是照花，还是照人，是怕人遮了花，还是怕花遮了人，还是要选一个最好的镜头，使如花的人永远伴着最美的花。有人在花下喝茶，有人在花下弹琴，有人在花下下象棋，有人在花下打桥牌。昆明四季如春，四季有花，可是不管山茶也罢，报春也罢，梅花也罢，杜鹃也罢，都没有海棠这样幸运，有这么多人，这样热热闹闹地来访它，来赏它，这样兴致勃勃地来赶这个开花的季节。还有桃花什么的，目前也还开着，在这附近，就有几树碧桃正开，"猩红鹦绿天人姿，回首夭桃恼失色"，显得冷冷落落地待在一旁，并没有谁去理睬。在这圆通山头，可以看西山和滇池，可以看平林和原野，可是这时候，大家都在看花，什么也顾不得了。

看着看着，实在也有点疲乏，找个地方坐下来休息一下吧，哪里没有人？都是人。坐在一群看花人旁边，无意中听人家谈论，猜想他们大概是哪个学校的文学教师。他们正在吟诗谈诗：

一个吟道："泪眼问花花不语，乱红飞过秋千去。"

一个说："这个不好，哪来的这么些眼泪！"

另一个吟道："一片花飞减却春，风飘万点正愁人。"

又一个说："还是不好，虽然是诗圣的佳句，也不好。"

一个青年人抢过去说："'繁枝容易纷纷落，嫩蕊商量细细开'，也是杜诗，好不好？"

一个人回答："好的，好的，思想健康，说的是新陈代谢。"

一个人不等他说完就接上去："好是好，还不如龚定庵的'落红不是无情物，化作春泥更护花'，有辩证观点，乐观精神。"

有一个人一直不说话，人家问他，他说："天何言哉，四时兴焉，万物生焉，天何言哉。桃李无言，下自成蹊。你们看，海棠并没有说话，可是大家都被吸引来了。"

我也没有说话。想起泰山高处有人在悬崖上刻了四个大字："予欲无言"，其实也甚是多事。

回家的路上，还是听到很多人纷纷议论。

有人说："今年的花，比去年好，去年，比前年好，解放以前，谈不到。"

有人说："今天看花好，今夜睡好，明天工作好。"

有人说："明天作文课，给学生出题目，有了办法。"

有人说："最好早晨来看花，迎风带露的花，会更娇更美。"

有人说："雨天来看花更好，海棠著雨胭脂透，当然不是大雨滂沱，而是斜风细雨。"

有人说："也许月下来看花更好，将是花气氤氲。"

有人说："下星期再来看花，再不来就完了。"

有人说："不怕花落去，明年花更好。"

好一个"明年花更好"。我一面走着，一面听人家说着，自己也默念着这样两句话：

春光似海，

盛世如花。

一九六二年四月

樱花

倪贻德

有人说，樱花比桃花更美，因为桃花太艳丽了，而樱花却是雅素轻盈，像一个淡妆薄施的美人，这个批评是很对的。但是我想，若是说桃花自有她艳丽的美，而樱花也自有她雅素的美，各有她们自己的特点。那是更比较的妥当些吧。

在中国是以产桃花著名，樱花是不可多见，所以在历来的诗词歌曲，关于樱花的咏叹也是很少的。在上海，因为有世界各色人种的杂处，所以东西方的奇葩异卉，都时常可以看到，那蓬莱仙岛的木屐儿，也把他们最珍贵的樱花移植过来，当春光明媚、春气荡漾的时节，那娇媚的樱花，自常从人家花园的围墙里，探出她粉白脸来向路人微笑。

樱花是代表日本的国花，和富士山一样的著名于全世界。真的，这真是他们东瀛三岛唯一的象征呢。这在他们的妇女装饰上，在文学艺术上，在一切工艺品的图案上，都在显著地表现着。花开的时节，彼都男女，如醉如狂，歌舞欢笑于其下，尽情游乐，入夜忘返。我每听到从日本回国的朋友这样说，心里总是说不出的羡慕，时常起浮海济瀛的遐想。

这次我去国东游，当未动身之前，第一个使我鼓舞欢欣的，就是今后得能享受樱花时节陶醉的情调了。可惜我来的时候，正在凉秋九月，芳草木叶，正在一天一天的凋零下去，秋雨秋风，尽在无情地吹打着，只使人引起深切的乡愁。接着便是严冷的寒冬，天宇沉沉，天空暗淡，雨雪载道，泞泥难行，狂暴的寒风，不时地从太平洋的北岸吹来，尤是使人畏惧失色。而我所住的又在东京的市内，每天所看见的，只是具有立体美的都市建筑，有刹那美的电车汽车的飞跑，所谓山林田野的风味，所谓幽雅静穆的东方古代的风味，我还没有领略过。

岛国的初春，依旧吹着严厉的北风，天气依旧是刺骨的寒冷，直到三月过后，和暖的日光照来，自然万物，才渐渐像由冬眠中苏醒了过来，不知不觉中，枯枝长出嫩绿的幼芽了，泥土中生出青青的碧草，从人们的言语中，时常可以听到："樱花就要开了！樱花就要开了！"我也抱着十二分的热望，期待着动人的 Sakura 的开放。

樱花开了，万人欢待的樱花次第地开了。日本的樱花，不像中国桃花、梅花等只种植风景名胜和达官富人的庭园中的，她是随处都繁生着的，在神社的门前，在冷假的街道旁，都有她的芳踪丽影，淡红而带有微绿的花朵，迎着春风，在向着路人轻颦浅笑。

东京一隅，樱花产生最多的，以上野和飞岛山最为著名，那儿植着万千的樱木，花开的时候，远望过去，就像一片淡红色的花之海，所谓男女混杂醉歌的地方，大抵是在这两处，而在我们异邦的远客要一赏樱花的趣味的，也要到那地方才可以满足你的欲望。

真的，当花开的时候，在彼邦的社会中，的确呈现出一种异样的空气来，这不仅在拥挤的电车上、在男子醉红的脸上、在女子轻佻的动作上可以看得出来，就是在每日的新闻纸上，到这时候，也把国家大事暂时弃置一旁，连篇累牍，都是记载着花事芳讯，使用着夸大的字句，在不遗余力地赞美着，轰传着。使我一个作客他乡的游子，也不禁鼓舞雀跃起来了。

一天的午后，气候是不冷不热，天空是乳浊色的一片微风吹来，带着一点南方的暖味，这正是春光烂漫的好天气。我到了友人 W 君的家里和他说：

"现在正是樱花盛开的时候了，我们不可失了这机会。"

W 君是一个老东京，很熟于日本的风俗人情，而对于供人游览的名胜古迹尤能通晓，所以他听了我的话就不假思索地说：

"要看樱花，那么最好到飞岛山去。"

于是我们便乘了市内电车，直向飞岛山进发，沿途看见老幼男女，连袂往游，那一种狂热的盛况，超出于我的想象之外。

日本人的赏玩樱花，和中国的看桃花不同。中国人的看桃花是属于少数几个有闲阶级的，他们或驱着汽车到桃林附近作一回走马看花，或是约着情侣，到花坞深处作密约幽谈，所谓农工大众，却很少有鼓兴往游，所以那桃林的周围始终是寂寞的。但在日本却不然了，这儿的游人，大抵是粗野素朴，平时在劳苦操作中的农工，和一般平凡而庸俗的小市民，这儿寻不出一个风雅优秀的富人绅士，这儿寻不出一个温文细腻的淑女闺秀，他们大概在自己的精巧的庭院中赏玩够了吧。

那里找不到幽趣的诗情，而却看出了他们民族艺术的表现。

飞岛山并不是一座奇胜的高山，不过是比较高大的土丘而已，走上十数级的斜坡，便已登临其上，上面便是满植着繁密的樱林，那时樱花还没有盛开，但是赏花的游人却已满集在山上了，他们大抵在花下席地而坐，三五个人一个团体，男女互相依傍着、调笑着，有的在举着巨杯痛饮，有的在高唱着不知名的和歌，他们好像完全忘记了头上的樱花，不过是借此佳节谋一次痛快的欢醉，以安慰一年来劳苦的工作的样子。

在这里是看出了人类的互相友善了，不论是相识或不相识者，只要对谈着几句，便可以拉着一同痛饮狂歌，还有许多行脚的歌人，带着尺八（即洞箫），随处吹弄着伤感的古歌，随处便可以分着清酒一杯、麦饼数斤。

在这里消除了一切阶级的界限了，他们大抵是第四阶级的工农，在平时正是处在重重的压迫之下，不能抬起头来，然而当他们在樱花树下醉态朦胧的时候，可以任意地狂啸高呼，任意地痛骂一切，以发泄他们胸中所有的不平。我更看见有几个机械工人，半醉中握着酒瓶，在做打倒什么的表情。

在这里我看到日本的舞俑了。本来艺术的起源便是舞俑，大概在感情喜悦的时候，就有手舞足蹈的表现，所以不论什么野蛮的民族，都有他们特别的舞俑。日本的舞俑，也没有脱了原始艺术的痕迹，他们是穿着五色斑斓的衣服，头上扎一块花布，随着击拍的声音，在做着简单的动作，趣味虽然幼稚而低级的，但很可以看出他们民族性的表现。

在这里我更听到日本的民谣俗曲了。这种民谣的词句，我虽不能明了，但声调中却可以听出一种感伤的情绪，有一种怀古的幽怨含蓄着，最近日本的声乐家藤原义江作就了许多日本风的谣曲，在欧洲各国歌唱，博得西方人狂热的欢迎。而在樱花树下听到这种声音，却更有一种阳春哀怨的情调。

此外更有许多江湖的卖艺者、杂食的贩卖者，张着红白的帐篷，敲着击响的锣鼓，点缀在花丛人群里，更显出佳景美节的狂热的气氛来。

我在这周围徘徊着，观看着，一时被那种盛况所鼓舞，也想参加进去和他们醉歌狂舞，但我始终是一个异国的流浪人，毕竟只好做一个局外的旁观者。

我于是想起了故国的桃花时节，那最有名的上海附近龙华的桃林，当花开的时候，我是每次都要乘兴往游的。那儿曾有我少年时代浪漫的踪迹，那儿曾洒过我少年时代的眼泪。如今回想起来，只觉得痴愚的可笑，从今以后我怕再不会如当年的沉醉在幽怨的诗情中了。

我又想起了故国也有可以赞颂的民族艺术，就像乡间的迎神赛会，五月间的端阳竞渡，在那种时候，也有所谓我们的民族艺术在充分地表现着。这种借着佳节而谋大众共同的欢娱，在民族中是不可以少的，是应当光大而发扬之的。可惜我们的民众，近年以来，因为外受列强帝国主义的压迫，内受军阀武人的蹂躏，以致民不聊生，民生饥竭，更哪里顾得到生活余暇后的艺术的享乐呢？

樱花的期间，前后约有两星期的长久，这其中分着初放、满放、花落的三个时期，更有所谓夜樱，是在月明之下观赏的。总之，在这十多天内，他们是夜以继日，歌舞不倦地游乐着的，他们的狂态，他们的豪兴，更非我的纸笔所能形容。

春光老了，春色残了，游人也兴尽而返，只剩纸屑残皮，和片片的落花撒满了一地。

一九二八年春在东京

第三辑

雪

雪

鲁 迅

暖国的雨，向来没有变过冰冷的坚硬的灿烂的雪花。博识的人们觉得他单调，他自己也以为不幸否耶？江南的雪，可是滋润美艳之至了；那是还在隐约着的青春的消息，是极壮健的处子的皮肤。雪野中有血红的宝珠山茶，白中隐青的单瓣梅花，深黄的磬口的蜡梅花；雪下面还有冷绿的杂草。胡蝶确乎没有；蜜蜂是否来采山茶和梅花的蜜，我可记不真切了。但我的眼前仿佛看见冬花开在雪野中，有许多蜜蜂们忙碌地飞着，也听得他们嗡嗡地闹着。

孩子们呵着冰得通红，像紫芽姜一般的小手，七八个一齐来塑雪罗汉。因为不成功，谁的父亲也来帮忙了。罗汉就塑得比孩子们高得多，虽然不过是上小下大的一堆，终于分不清是壶卢还是罗汉，然而很洁白，很明艳，以自身的滋润相粘结，整个地闪闪地生光。孩子们用龙眼核给他做眼珠，又从谁的母亲的脂粉奁中偷得胭脂来涂在嘴唇上。这回确是一个大阿罗汉了。他也就目光灼灼地嘴唇通红地坐在雪地里。

第二天还有几个孩子来访问他；对了他拍手，点头，嘻笑。但他终于独自坐着了。晴天又来消释他的皮肤，寒夜又使他结一层冰，化作不透明的水晶模样，连续的晴天又使他成为不知道算什么，而嘴上的胭脂也褪尽了。

但是，朔方的雪花在纷飞之后，却永远如粉，如沙，他们决不粘连，撒在屋上，地上，枯草上，就是这样。屋上的雪是早已就有消化了的，因为屋里居人的火的温热。别的，在晴天之下，旋风忽来，便蓬勃地奋飞，在日光中灿灿地生光，如包藏火焰的大雾，旋转而且升腾，弥漫太空，使太空旋转而且升腾地闪烁。

在无边的旷野上，在凛冽的天宇下，闪闪地旋转升腾着的是雨的精魂……

是的，那是孤独的雪，是死掉的雨，是雨的精魂。

一九二五年一月十八日

飞雪

萧 红

是晚间，正在吃饭的时候，管门人来告诉：

"外面有人找。"

踏着雪，看到铁栏栅外我不认识的一个人，他说他是来找武术教师。那么这人就跟我来到房中，在门口他找擦鞋的东西，可是没有预备那样完备。表示着很对不住的样子，他怕是地板会弄脏的。厨房没有灯，经过厨房时那人为了脚下的雪差不多没有跌倒。

一个钟头过去了吧！我们的面条在碗中完全凉透他还没有走，可是他也不说"武术"究竟是学不学，只是在那里用手帕擦一擦嘴，揉一揉眼睛，他是要睡着了！我一面用筷子调一调快凝住的面条，一面看着他把外衣的领子轻轻的竖起来，我想这回他一定是要走。然而没有走，或者是他的耳朵怕受冻用皮领来取一下暖，其实无论如何在屋里也不会冻耳朵，那么他是想坐在椅子上睡觉吗？这里是睡觉的地方？

结果他也没有说"武术"是学不学，临走时他才说：

"想一想……想一想……"

常常有人跑到这里来想一想，也有的人第二次他再来想一想。立刻就决定的人一个也没有，或者是学，或者是不学。看样子当面说不学，怕人不好意思，说学又总觉得学费不能再少一点吗？总希望武术教师把学费自动的减少一点。

我吃饭时很不安定，替他挑碗面，替自己挑碗面，一会又剪一剪灯花，不然蜡烛颤索得使人很不安。

两个人一句话也不说。对着蜡烛吃着冷面，雪落得很大了！出去倒脏水回来，头发就是湿的。从门口望出去，借了灯光，大雪白茫茫一刻就要倾满人间似的。

郎华披起才借来的夹外衣到对面的屋子教武术。他的两只空袖口没进大雪片中去了。我听他开着对面那房子的门。那间客厅光亮起来。我向着窗子，雪片翻倒倾忙着，寂寞并且严肃的夜围临着我，终于起着咳嗽关了小窗。找一本书，读不上几页又打开小窗，雪大了呢？还是小了？人在无聊的时候，风雨，总之一切天象会引起注意来。雪飞得更忙迫，雪片和雪片交织在一起。

很响的鞋底打着大门过道，走在天井里鞋底就减轻了声音。我知道是汪林回来了。那个旧日的同学，今日我没能看见她穿的是中国衣裳或是外国衣裳，她停在门外的木阶上在按铃，小使女，也就是小丫环开了门，一面问：

"谁？谁？"

"是我你还听不出来！谁？谁？"她有点不耐烦，小姐们有了青春更骄傲，可是做丫环的一点也不知道这个。假若不是落雪一定能看到那女孩是怎样无知的把头缩回去。

又去读读书,又来看看雪,读了很多页了,但什么意思呢?我也不知道。因为我心只记得:落大雪天,就转寒,那么从此我不能出屋了吧?郎华没有皮帽,他的衣裳没有皮领,耳朵一定要冻伤的吧!

在屋里,只要火炉生着火,我就站在炉边,或者更冷的时候我还能坐到铁炉板上去把自己煎一煎。若没有木柈我就披着被坐在床上,一天不离床,一夜不离床,但到外边可怎么能去呢?披着被上街吗?那还可以吗?

我把两只脚伸到炉腔里去,两腿伸得笔直,就这样在椅子上对着炉门看书;哪里看书,假看,无心看。

郎华一进门就说:"你在烤火腿吗?"

我问他:"雪大小?"

"你看这衣裳!"他用面巾打着外套。

雪,带给我不安,带给我恐怖,带给我终夜各种不舒适的梦……一大群小猪沉下雪坑去……麻雀冻死在电线上,麻雀虽然死了仍挂在电线上。行人在旷野白色的大树林里一排一排地僵直着,还有一些把四肢都冻丢了。

这样的梦以后,但总不能知道这是梦,渐渐明白些时,才紧抱住郎华,但总不能相信这不是真事。我说:

"为什么要做这样的梦?照迷信来说,这可不知怎样?"

"真糊涂,一切要用科学方法来解释,你觉得这梦是一种心理,心理是从哪里来的?是物质的反映。你摸摸你这肩膀冻得这样凉,你觉到肩膀冷，所以你做那样的梦！"很快的他又睡去，留下我觉得风从棚顶，从床底都会吹来，冻鼻头，又冻耳朵。

夜间大雪不知落得怎样了！早晨起来，一定会推不开门吧！记得爷爷说过：大雪的年头小孩站在雪里露不出头顶……风不住扫打窗子，小狗在房后哽哽地叫……

从冻又想到饿，明天没有米了。

风雪华家岭

茅　盾

　　"西兰公路"在一九三八年还是有名的"稀烂公路"。现在（一九四〇年）这一条七百多公里的汽车路，说一句公道话，实在不错。这是西北公路局的"德政"。现在，这叫作兰西公路。

　　在这条公路上，每天通过无数的客车、货车、军车，还有更多的胶皮轮的骡马大车。旧式的木轮大车，不许在公路上行走，到处有布告。这是为的保护路面。所谓胶皮轮的骡马大车，就是利用汽车的废胎，装在旧式大车上，二匹牲口拉，牲口有骡有马，也有骡马杂用，甚至两骡夹一牛。今天西北，汽油真好比血，有钱没买处；走了门路买到的话……六七十元一加仑。胶皮轮的骡马大车于是成为公路上的骄子。米、麦粉、布匹、盐……以及其他日用品，都赖它们转运。据说这样的胶皮轮大车，现在也得二千多块钱一乘，光是一对旧轮胎就去了八九百。公路上来回一趟，起码得一个月工夫，光是牲口的饲料，每头每天也得一块钱。如果依照迪化一般副官勤务们的"逻辑"，五匹马拉的大车，载重就是五千斤，那么，兰西公路上的骡马大车就该载重三千斤了。三乘大车就等于一辆载货汽车，牲口的饲料若以来回一趟三百元计算，再加车夫的食宿薪工共约计七百，差不多花了一千元就可以把三吨货物在兰西公路上来回运这么一趟，这比汽车实在便宜了六倍之多。

但是汽车夫却不大欢喜这些骡马大车，为的他们常常梗阻了道路，尤其是在翻过那高峻的六盘山的时候，要是在弯路上顶头碰到这么一长串的骡马大车，委实是"伤脑筋"的事。也许因为大多数的骡马是刚从田间来的"土包子"，它们见了汽车就惊骇，很费了手脚才能控制。

六盘山诚然险峻，可是未必麻烦；路基好，全段铺了碎石。一个规矩的汽车夫，晚上不赌、不嫖、不喝酒，睡一个好觉，再加几分把细，总能平安过去；倒是那华家岭，有点讨厌。这里没有弯弯曲曲的盘道，路面也平整宽阔，路基虽是黄土的，似乎也还结实，有坡，然而既不在弯道上，且不陡；倘在风和日丽之天，过华家岭原亦不难，然而正因为风和日丽不常有，于是成问题了。华家岭上是经常天气恶劣的。这是高原上一条山冈，拔海五六千尺，从兰州出发时人们穿夹衣，到这里就得穿棉衣——不，简直得穿皮衣。六七月的时候，这里还常常下雪，有时，上午还是好太阳，下午突然雨雪霏霏了，下雪后，那黄土作基的公路，便给你颜色看，泞滑还是小事，最难对付的是"陷"——后轮陷下去，成了一条槽，开上"头挡排"，引擎是鸣——胡胡地痛苦地呻吟，费油自不必说，但后轮切不着地面，只在悬空飞转。这时候，只有一个前途：进退两难。

四〇年的五月中旬，一个晴朗的早晨，天气颇热，人们都穿单衣，从兰州车站开出五辆客车，其中一辆是新的篷车，站役称之为"专车"；

其实车固为某"专"人而开，车中客却也有够不上"专"的。条件优良，果然下午三时许就到了华家岭车站。这时岭上彤云密布，寒风刺骨，疏疏落落下着几点雨。因为这不是普通客车，该走呢，或停留，车中客可以自择。但是意见分歧起来了：主张赶路的，为的恐怕天变——由雨变成雪；主张停留过宿的，为的天已经下雨了，路上也许麻烦，而华家岭到底是个"宿站"。结果，留下来。那一天的雨，到黄昏时光果然大了些，有檐溜了。

天黑以前，另外的四辆客车也陆续到了，都停留下来。五辆车子一百多客人把一个"华家岭招待所"挤得满坑满谷，当天晚上就打饥荒，菜不够，米不够，甚至水也用完，险些儿开不出饭来。可是第二天早起一看，糟了，一个银白世界，雪有半尺厚，穿了皮衣还是发抖。旅客们都慌了，因为照例华家岭一下雪，三五天七八天能不能走，都没准儿，而问题还不在能不能走，却在有没有吃的喝的。华家岭车站与招待所孤悬岭上，离最近的小村有二十多里，柴呀、米呀、菜蔬呀，通常是往三十里以外去买的，甚至喝的用的水，也得走十多里路，在岭下山谷挑来。招待所已经宣告：今天午饭不一定能开，采办柴米蔬菜的人一早就出发了，目的地是那最近的小村，但什么时候能回来，回来时有没有东西，都毫无把握云云。

雪早停了，有风，却不怎样大。采办员并没空手回来，一点钟左右居然开饭。两点钟时，有人出去探了路，据说雪已消了一半，路还不见得怎样烂，于是"专车"的"专人"们就主张出发："要是明天再下雪，怎么办？"华家岭的天气是没有准儿的。司机没法，只得"同意"，三点钟光景，车出了站。

爬过了一个坡以后，天又飘起雪来。"怎么办呢?""还是赶路吧!新车，机器好，不怕!"于是再走。但是车轮打滑了。停车，带上链子，费去半小时。这其间，雪却下大了，本来已经斑驳的路面，这时又全白了。不过还希望冲出这风雪范围——因为据说往往岭上是凄迷风雪，岭下却是炎炎烈日。然而带上链子的车轮还是打滑，而且又"陷"起来。雪愈来愈大，时光也已四点半;车像醉汉，而前面还有几个坡。司机宣告:"不能走了，只有回去。"看路旁的里程碑，原来只走了十多公里。回去还赶得上吃夜饭。

可是车子在掉头的时候，不知怎样一滑，一对后轮搁浅在路沟里，再也不能动了，于是救济的程序一件一件开始:首先是旅客都下车，开上"头挡排"企图自力更生，这不成功;仍开"头挡排"，旅客帮着推，引擎呜呜地叫，后轮是动的，然而反把湿透的黄土搅成两道沟，轮子完全悬空起来，车子是纹丝儿也没动。路旁有预备改造路基用的碎石堆，于是大家抓起碎石来，拿到车下，企图填满那后轮搅起来的两道沟;有人又到两里路外的老百姓家里借来了两把铲，从车后钢板下一铲一铲去掘湿土，以便后轮可以着地;这也无效时，铲的工作转到前面来。司机和助理员（他是高中毕业生）都躺在地下，在泥泞里奋斗。旅客们身上全是雪，扑去又积厚，天却渐渐黑下来了，大家又冷又饿。最后，助理员和两个旅客出发，赶回站去呼救，其余的旅客们再上车，准备万一救济车不来时，就在车上过夜。

这时四野茫茫，没有一个人影，只见鹅毛似的雪片，漫天飞舞而已。华家岭的厉害，算是领教过了。全车从司机到旅客二十八人，自搁浅当时起，嚷着，跑着，推着，铲着，什么方法都想到，也都试了，结果还是风雪和黄土占了胜利。不过尚有一着，没人想到；原来车里有一位准"活佛"的大师，不知那顽强的自然和机械肯听他法力的指挥否。大师始终默坐在那里掐着数珠，态度是沉着而神妙的。

救济车终于来了，车上有工程师，有工人，名副其实的一支生力军。公路上扬起了更多的人声，工作开始。铲土、衬木板，带上铁丝缆，开足了引擎，拉，推，但是湿透了的黄土是顽强而带韧性的，依然无可奈何。最后的办法，人和行李都搬上了救济车，回了招待所。助理员带了铺盖来，他守在那搁浅的客车里过夜。

这一场大雪到第二天早晨还没停止，车站里接到情报，知道东西两路为了华家岭的风雪而压积的车辆不下四五十乘，静宁那边的客人也在着急，静宁站上不断地打电话问华家岭车站："你们这边路烂得怎样？明天好走么？……呀，雪还没停么？……"有经验的旅客估计这雪不会马上停止，困守在华家岭至少要一个星期。人们对招待所的职员打听："米够么？柴还够么？你们赶快去办呀！"有几个女客从箱子角里找出材料来缝小孩子的罩衫了。

但是当天下午雪停，太阳出来了。"明天能走么？"性急的旅客找到司机探询。司机冷然摇头："融雪啦！更糟！"不过有经验的旅客却又宽慰道："只要刮风。一天的风，路就燥了。"

果然天从人愿，第二天早上有太阳又有风，十点光景有人去探路，回来说："坡这边还好，坡那边，可不知道。"十一点半光景，搁浅在路旁的那辆"专车"居然开回来了，下午出发的声浪，激荡在招待所的每个角落。两点钟左右，居然又出发了。有人透了口气说："这回只住了三天，真是怪！"

沿途看见公路两旁斑斑驳驳，残雪未消；有些向阴的地方还是一片纯白。车行了一小时以后，车里的人把皮衣脱去，又一小时，连棉的也好像穿不住了。

雪夜

石评梅

　　北京城落了这样大这样厚的雪，我也没有兴趣和机缘出去鉴赏，我只在绿屋给受伤倒卧的朋友煮药煎茶。寂静的黄昏，窗外飞舞着雪花，一阵紧似一阵，低垂的帐帷中传出的苦痛呻吟，一声惨似一声！我黑暗中坐在火炉畔，望着药壶的蒸汽而沉思。

　　如抽乱丝般的脑海里，令我想到关乎许多雪的事，和关乎许多病友的事，绞思着陷入了一种不堪说的情状；推开门我看看雪，又回来揭起帐门看看病友，我真不知心境为什么这样不安定而彷徨。我该诅咒谁呢？是世界还是人类？我望着美丽的雪花，我赞美这世界，然而回头听见病友的呻吟时，我又诅咒这世界。我们都是负着创痛倒了又扎挣，倒了又扎挣，失败中还希冀胜利的战士，这世界虽冷酷无情，然而我们还奢望用我们的热情去温暖，这世界虽残毒狠辣，而我们总祷告用我们的善良心灵去改换。如今，我们在战线上又受了重创，我们微小的力量，只赚来这无限的忧伤！何时是我们重新扎挣的时候，何时是我们战胜凯旋的时候？我只向熊熊的火炉祷祝他给与我们以力量，使这一剂药能医治我病友，霍然使她能驰驱赴敌再扫阴霾！

黄昏去了，夜又来临，这时候瑛弟踏雪来看病友，为了人间的烦恼，令他天真烂漫的面龐上，也重重地罩了愁容，这真是不幸的事。不过我相信一个人的生存，只是和苦痛搏战，这同时也是一件极平淡而庸常无奇的事吧！我又何必替众生来忏悔？

给她吃了药后，我才离开绿屋，离开时我曾想到她这一夜辗转哀泣的呻吟，明天朝霞照临时她惨白的面龐一定又瘦削了不少！爱怜，同情，我真不愿再提到了，罪恶和创痛何尝不是基于这些好听的名词，我不敢诅咒人类，然而我又何能轻信人类……所以我在这种情境中，绝不敢以这些好听的名词来布恩于我的病友；我只求赐她以愚钝，因为愚钝的人，或者是幸福的人，然而天又赋她以伶俐聪慧以自戕残。

出了绿屋我徘徊在静白的十字街头了，这粉妆玉琢的街市，是多么幽美清冷值得人鉴赏和赞美！这时候我想到荒凉冷静的陶然亭，伟大庄严的天安门，萧疏辽阔的什刹海，富丽娇小的公园，幽雅闲散的北海，就是这热闹多忙的十字街头，也另有一种雪后的幽韵，镇天被灰尘泥土蔽蒙了的北京，我落魄在这里许多年，四周只有层层黑暗的网罗束缚着，重重罪恶的铁闸紧压着，空气里那样干燥，生活里那样枯涩，心境里那样苦闷，更何必再提到金迷沉醉的大厦外，啼饥号寒的呻吟。然而我终于在这般梦中惊醒，睁眼看见了这样幽美神妙的世界，我只为了一层转瞬即消逝的雪幕而感到欣慰，由欣慰中我又发现了许多年未有的惊叹，纵然是只如磷火在黑暗中细微的闪烁，然而我也认识了宇宙尚有这一刹那的改换和遮蔽，我希望，我愿一切的人情世事都有这样刹那的发现，改正我这对世界浮薄的评判。

过顺治门桥梁时，一片白雪，隐约中望见如云如雾两行挂着雪花的枯树枝，和平坦洁白的河面。这时已夜深了，路上行人稀少，远远只听见犬吠的声音，和悠远清灵的钟声。沙沙地我足下践踏着在电灯下闪闪银光的白雪，直觉到恍非人间世界。城墙上参差的砖缘，披罩着一层一层的白雪，抬头望：又看见城楼上粉饰的雪顶，和挂悬下垂的流苏。底下现出一个深黑的洞，远望见似乎是个不堪设想的一个恐怖之洞门。我立在这寂静的空洞中往返回顾而踟蹰，我真想不到扰攘拥挤的街市上，也有这样沉寂冷静时候。

过了宣武门洞，一片白地上，远远望见万盏灯火，人影蠕动的单牌楼，真美，雪遮掩了一切污浊和丑恶。在这里是十字街头了，朋友们，不少和我一样爱好雪的朋友们，你们在这清白皎洁的雪光下，映出来的影子，践踏下的足踪，是怎么光明和伟大！今夜我投身到这白茫茫的雪镜中，我只照见了自己的渺小和阴暗，身心的四周何尝能如雪的透明纯洁；因为雪才反映出我自己的黑暗和污浊，我认识自己只是一个和罪恶的人类一样的影子，我又哪能以轻薄的心理去责备人类，和这本来不清明的世界呢！朋友！我知所忏悔了！

爱恋着雪夜，爱恋着这刹那的雪景，我虽然因夜深不能去陶然亭、什刹海、北海公园，然而我禁不住自己的意志，我的足踪忽然走向天安门。过西安门饭店的门前时，看见停着的几辆汽车，上边都是白雪，四轮深陷在雪里，黑暗的车厢中有蜷伏着的人影，高耸的洋楼在夜的云霄中扑迎着雪花，一盏盏的半暗的电灯下照出门前零乱的足痕，我忽然想起《赖婚》中的一幕来，这门前有几分像呢！

走向前，走向前，叮叮当当的电车过去了，我只望着它车轮底的火花微笑！我骄傲，我是冒着雪花走向前去的，我未曾借助于什么而达到我的目的，我只是走向前，走向前。

进了西长安街的大森林，我远远看见天边四周都现着浅红，疏疏的枝桠上堆着雪花，风过处纷纷地飞落下来，和我的眼泪滴在这地上一样。过这森林时我抱着沉重的怆痛，我虽然能忆起往日和君宇走过时的足踪在哪里，但我又怎敢想到城南一角黄土下已埋葬了两年的君宇，如今连梦都无。

过了三门洞，呵！这伟大庄严的天安门，只有白，只有白，只有白，漫天漫地一片皆白，我一步一步像拜佛的虔诚般走到了白石桥梁下，石狮龙柱之前，我抬头望着红墙碧瓦巍然高耸的天安门，我怪想着往日帝皇的尊严，和这故宫中遗留下的荒凉。踏上了无人践踏的石桥，立在桥上远望灯光明灭的正阳门，我傲然地立了多时，我觉着心境逐渐的冷静沉默，至于无所兴感。这又是我的世界，这如梦似真的艺术化的世界。下了桥我又一直向前去，那新栽的小松上，满缀了如流苏似的雪花，一列一列远望去好像撑着白裙的舞女。前面有一盏光明的灯照着，我向前去了几步，似乎到了中山先生铜像基础旁便折回来。灯光雪光照映在我面上，这时我觉心地很洁白纯真，毫无阴翳遮蔽，因为我已不是在这世界上，我脱了一切人间的衣裳，至少我也是初来到这世界上。

我自己不免受人间一切翳蒙，我才爱白雪，而雪真能洗涤我心灵至于如雪冷洁；我还奢望着，奢望人间一切的事物和主持世界的人类，也能给雪以洗涤的机会，那么，我相信比用血来扑灭反叛的火焰还要有效！

一九二七年一月十四日雪夜

雪

鲁 彦

美丽的雪花飞舞起来了。我已经有三年不曾见着它。

去年在福建，仿佛比现在更迟一点，也曾见过雪。但那是远处山顶的积雪，可不是飞舞着的雪花。在平原上，它只是偶然的随着雨点洒下来几颗。没有落到地面的时候，它的颜色是灰的，不是白色；它的重量像是雨点，并不会飞舞。一到地面，它立刻融成了水，没有痕迹，也未尝跳跃，也未尝发出窸窣的声音，像江浙一带下雪子时的模样。这样的雪，在四十年来第一次看见它的老年的福建人，诚然能感到特别的意味，谈得津津有味，但在我，却总觉得索然。"福建下过雪"，我可没有这样想过。

我喜欢眼前飞舞着的上海的雪花。它才是"雪白"的白色，也才是花一样的美丽。它好像比空气还轻，并不从半空里落下来，而是被空气从地面卷起来的。然而它又像是活的生物，像夏天黄昏时候的成群的蚊蚋，像春天流蜜时期的蜜蜂，它的忙碌的飞翔，或上或下，或快或慢，或粘着人身，或拥入窗隙，仿佛自有它自己的意志和目的。它静默无声。但在它飞舞的时候，我们似乎听见了千百万人马的呼号和脚步声，大海的汹涌的波涛声，森林的狂吼声，有时又似乎听见了情人的切切的密语声，礼拜堂的平静的晚祷声，花园里的欢乐的鸟歌声……它所带来的是阴沉与严寒。但在它的飞舞的姿态中，我们看见了慈善的母亲，柔和的情人，活泼的孩子，微笑的花，温暖的太阳，静默的晚霞……它没有气息。但当它扑到我们面上的时候，我们似乎闻到了旷野间鲜洁的空气的气息，山谷中幽雅的兰花的气息，花园里浓郁的玫瑰的气息，清淡的茉莉花的气息……在白天，它做出千百种婀娜的姿态；夜间，它发出银色的光辉，照耀着我们行路的人，又在我们的玻璃窗上札札地绘就了各式各样的花卉和树木，斜的，直的，弯的，倒的；还有那河流，那天上的云……

现在，美丽的雪花飞舞了。我喜欢，我已经有三年不曾见着它。我的喜欢有如四十年来第一次看见它的老年的福建人。但是，和老年的福建人一样，我回想着过去下雪时候的生活，现在的喜悦就像这钻进窗隙落到我桌上的雪花似的，渐渐融化，而且立刻消失了。

记得某年在北京的一个朋友的寓所里，围着火炉，煮着全中国最好的白菜和面，喝着酒，剥着花生，谈笑得几乎忘记了身在异乡；吃得满面通红，两个人一路唱着，一路踏着吱吱地叫着的雪，踉跄地从东长安街的起头踱到西长安街的尽头，又忘记了正是异乡最寒冷的时候。这样的生活，和今天的一比，不禁使我感到惘然。上海的朋友们都像是工厂里的机器，忙碌得一刻没有休息；而在下雪的今天，他们又叫我一个人看守着永不会有人或电话来访问的房子。这是多么孤单，寂寞，乏味的生活。

"没有意思！"我听见过去的我对今天的我这样说了。正像我在福建的时候，对四十年来第一次看见雪的老年的福建人所说的一样。

但是，另一个我出现了。他是足以对着过去的北京的我射出骄傲的眼光来的我。这个我，某年在南京下雪的时候，曾经有过更快活的生活：雪落得很厚，盖住了一切的田野和道路。我和我的爱人在一片荒野中走着。我们辨别不出路径来，也并没有终止的目的。我们只让我们的脚欢喜怎样就怎样。我们的脚常常欢喜踏在最深的沟里。我们未尝感到这是旷野，这是下雪的时节。我们仿佛是在花园里，路是平坦的，而且是柔软的。我们未尝觉得一点寒冷，因为我们的心是热的。

"没有意思！"我听见在南京的我对在北京的我这样说了。正像在北京的我对着今天的我所说的一样，也正像在福建的我对着四十年来第一次看见雪的老年的福建人所说的一样。然而，我还有一个更可骄傲的我在呢。这个我，是有过更快乐的生活的，在故乡：冬天的早晨，当我从被窝里伸出头来，感觉到特别的寒冷，隔着蚊帐望见天窗特别的阴暗，我就首先知道外面下了雪了。"雪落啦白洋洋，老虎拖娘娘……"这是我躺在被窝里反复地唱着的欢迎雪的歌。别的早晨，照例是母亲和姐姐先起床，等她们煮熟了饭，拿了火炉来，代我烘暖了衣裤鞋袜，才肯钻出被窝，但是在下雪天，我就有了最大的勇气。我不需要火炉，雪就是我的火炉。我把它捻成了团，捧着，丢着。我把它堆成了一个和尚，在它的口里，插上一支香烟。我把它当作糖，放在口里。地上的厚的积雪，是我的地毯，我在它上面打着滚，翻着筋斗。它在我的底下发出嗤嗤的笑声，我在它上面哈哈的回答着。我的心是和它合一的。我和它一样的柔和，和它一样的洁白。我同它到处跳跃，我同它到处飞跑着。我站在屋外，我愿意它把我造成一个雪和尚。我躺在地上愿意它像母亲似的在我身上盖下柔软的美丽的被窝。我愿意随着它在空中飞舞。我愿意随着它落在人的肩上。我愿意雪就是我，我就是雪。我年轻，我有勇气，我有最宝贵的生命的力。我不知道忧虑，不知道苦恼和悲哀……

"没有意思！你这老年人！"我听见幼年的我对着过去的那些我这样说了。正如过去的那些我骄傲地对别个所说的一样。

不错，一切的雪天的生活和幼年的雪天的生活一比，过去的和现在的喜悦是像这钻进窗隙落到我桌上的雪花一样，渐渐融化，而且立刻消失了。

然而对着这时穿着一袭破单衣、站在屋角里发抖的或竟至于僵死在雪地上的穷人，则我的幼年时候快乐的雪天生活的意义，又如何呢？这个他对着这个我，不也在说着"没有意思！"的话吗？

而这个死有完肤的他，对着这时正在零度以下的长城下，捧着冻结了的机关枪，即将被炮弹打成雪片似的兵士，则其意义又将怎样呢？"没有意思！"这句话，该是谁说呢？

天呵，我不能再想了。人间的欢乐无平衡，人间的苦恼亦无边限。世界无终极之点，人类亦无末日之时。我既生为今日的我，为什么要追求或留恋今日的我以外的我呢？今日的我虽说是寂寞地孤单地看守着永没有人或电话来访问的房子，但既可以安逸地躲在房子里烤着火，避免风雪的寒冷；又可以隔着玻璃，诗人一般的静默地鉴赏着雪花飞舞的美的世界，不也是足以自满的吗？

　　抓住现实。只有现实是最宝贵的。

　　眼前雪园飞舞着的世界，就是最现实的现实。

　　看呵！美丽的雪花飞舞着呢。这就是我三年来相思着而不能见到的雪花。

雪

缪崇群

　　我出发后的第四天早晨，觉得船身就不像以前那样振荡了。船上的客人，也比寻常起得早了好些。我拭了拭眼睛，就起身盘坐在舱位上，推开那靠近自己的小圆窗子。啊，滔滔的黄水又呈在眼前了！过了半个钟头在那灰色和黄色相接的西边有许多建筑物和烟突发现了，这时全舱的人，都仿佛在九十九度热水里将要沸腾一样。

　　早饭的时刻，有很多人都说外边已经落雪。我就披了衣服走到甲板上去，果然是霏霏的雪正在落着，可是随落便随化了。我如同望痴了一样，不是望一望海，就是望一望天边，默默地伫立着，我也不知道经过多少时候。

　　"唉！别了，凄凉的雪都！别了，凄凉的雪都！……"我曾在京津道上念了上百的遍数，但今朝啊，黄浦江上也同样落的是雪花，而且这些和漠北一样的寒风，也是吹得我冷透了心骨！

　　上海我到了，初次我到了这繁华罪恶的上海。

　　我曾独自跑到街头去徜徉了几个钟头。在晚间，我也曾勇敢地到南京路去了一次。那儿不是同胞流血的地方么？可是成千成万的灯火在辉煌着……

夜间，将近一两点钟了，耳里还模模糊糊听见隔壁留声机的唱声。大概是"阎瑞生托梦"那段，总是翻来覆去地唱。我看见了上海，此刻我仿佛又听见所谓上海了。

睁开眼睛的时刻，雪白的蚊帐静静在四围垂着，从布纹里去看那颗电球，越发皎洁了！大概是夜更深了的缘故。

过了一刻，我什么都不晓得了，直到第二天茶房叫醒了过后。

雪

萧炳实

朔风微微地紧了一紧，大地在吾人酣梦中已经偷偷地变了一番相貌了。晚间两三点间，照例要在棉被里翻一翻身，约莫有三四分时光景，是半睡半醒的状态。昨晚那时，仿佛有一道白光射在我的枕上：是明月光么？是地上霜么？也许是一位勤苦的同学开夜车的灯光罢？不很活动的脑里只是反射地发出不管合理不合理的疑问，然而并不迫切地要求答案。

"雪啊！下雪呀！满地都是白的。"起得比我较早的潘君嚷着。

"雪么？那是很好。"照例枕上五分钟的留恋，不必似往常要鼓一点勇气才能打破，只"雪"这一个字就很够引起我的童心了。

雪，在我的家乡，十次中至少有九次是与过年联络的，那是小孩子一年中最快乐的时期——尤其是贫苦的小孩子。肉？平时是只有屠门大嚼式的领略；过年虽然不能说有吃不完的肉，至少也接连的有几次好吃，甚至也会吃得到有点不想吃的境地。衣呢？也许稍嫌单薄一点，然而我的祖母常常引着一句乡土彩色很重的古话安慰我说："不要紧，小孩子身上有三严火。"若是侵略的北风猛烈地吹着有点刻骨入髓的时候，这句话也许稍嫌空泛，但是风势稍杀或者径是无风，这却多少总有几分效验，如果是从慈祥恺悌的祖母或母亲口里说出来的。是的，衣服问题着实也引我向母亲埋怨过几次，然而那不是因为冷，却是因为与比我穿得较好的孩子相形之下有点见绌或者是竟被奚落而发生的。捉襟见肘的状况，有时诚不免难为情的，尤其是与华冠贵胄并列的时候；然而这种时候是常有的，同我一辈子玩的，穿的与我比起来，也不过是伯仲之间，况且我十来岁的时候读过"子曰，衣敝缊袍，与衣狐貉者立而不耻者，其由也与"这几句话之后，着实受了一番感奋，有点企慕贤者卓然自立之概，从此觉得为衣服羞愧，实在是不长进。至于我的家庭呢，在社会上不过占了一个"清白家风"四个字的位置，并不必穿得怎样华贵，方能撑持门户。除了在历史上能够追溯到微子封于宋以及萧何相国萧衍皇帝之外，在家谱上从三百年前迁到南源的始祖起一直到我的曾祖，连一个够资格在谱上有一篇传或一篇墓志铭的也没有；实在说，南源萧氏族谱里头是没有一篇传记或墓志铭的，每人底下都是刻板的几行："某人，字某，号某（有字有号的也绝少，不上十分之一），生于某日，卒于某日，配某氏，子几人，长名某……女几人，长适某……"至于我的父亲呢，虽说是我们南源萧氏十几代中唯一的秀才，他偏偏十八九岁进学后就不肯做举业，却要提倡维新，所以并不会博得一官半爵来荣宗耀祖裕起后昆；他虽然是留学生的先辈，同盟会的党员，然而他辛亥以前就去世了，并未曾参加革命的事业；他遗留下的成绩，不过是几所学校，几个门徒，他并不曾将我们的家世提高。不好了，为了衣服两字，不觉的做起家传来了，那真离题太远。

　　雪给我的回忆，总是快感的多，不快的少。捉麻雀，做雪人，打雪仗，踏高脚，射箭，都是最可爱的应景的游戏。拜年，拿压岁钱，吃果子，那也是一年只有一次的快乐。现在虽然不能开倒车将已过去的时光追回重做一个天真的孩子，然而一点稚气，一点童心，因生命流的连续性总多少还保存着一点。因为童稚的生活中雪给与的印象略深一点，雪遗留的联想略富于快感一点，而且雪的快感，几乎每年皆有一次复兴的机会，所以我的稚气，我的童心，被雪引出来的比被任何他事他物引出来的都更丰富。虽然秋夜的明月能使我入清幽的境界，有时仍不免使我沉痛；虽然春天的流泉能使我有活泼的气概，有时仍不免有逝者不可复返的联想；虽然夏林的松风能使我有"羲皇上人"之感，然而仍不过足佐午睡的清梦而已。至于花卉之中，除了出水芙蓉傲霜残菊之外，很少能使我恋恋不舍的，虽然我并不是不恋它们，尤其花枝零落的时候，更不免有凋零之感。看罢，咏花的诗歌，有多少能出"花谢花飞"一派以外的。

　　雪，诚然，在我多经世事以后，也引起我一次的不好的联想。一次大雪的时候，我正高兴地跑出去赏雪，偶然撞进一家贫不能举火的人家，他们瑟缩震栗的状态，却不能不稍稍归咎于雪。我当时想：这么样珍珠似的颗粒，饥不可以为食；这么样软白的花絮，寒不可以为衣；天公下雪，虽然增添了不少诗人歌咏的资料、高士清赏的兴趣，同时也增加了穷人的愁苦，这似乎是美中不足。然而一转念间，似乎这种思想也过于唯物，"观音难救世间苦"，何况于我们凡夫俗子？那天我将钱袋里少许的遗留倾给了那个人家，虽没有慈善的动机，却得了自己心地的安慰。从此以后，每次见雪，这回的感想也乘间而入，不免到脑里转一遭两遭，然而稚气童心都不容它久留，所以它的根据地极不稳固。

雪的确不免加添穷苦的小孩子一点寒意，然而穷苦小孩子也常常因为雪而得着自由，因为雪天父母是不很催孩子做事的。孩子得着了自由，往往一阵雪仗打得浑身发热，额角上冒出热气来，所以最穷苦的孩子也不厌恶雪，有时还很希望它的光临。

雪来了，污秽的大地也会变成洁白；雪来了，茅庐草舍也会变成水晶宫一样地好看。叶脱殆尽的枯枝因雪成了玉树一般的美丽，梅花会因着它的陪衬格外的有姿态，松树会因着它的映发格外的有英气。而且雪是最聪明的乖觉的，正乘着人们赏玩还未有尽兴的时候，它偷偷地就去了；它去了给人以深厚的余味与留恋，却不使人有若何的感伤。它的来也多是无声无臭，给人意料以外的快乐。至于它那下来时翩翩姗姗的飞舞，更非"撒盐空中"或"柳絮因风"所能拟其百一的。

自从到北方以后，自然界能够给与我的安慰诚然减少了。青翠的山，碧绿的水，明净的西湖，骇怒的钱塘潮，五云树色，六和铃语，禹穴的远暖，狮峰的跳脱，都尽够梦中的回想。就是一片血红的枫叶，也不是容易看见的。从前我的书本中总偶尔的夹着一两片红叶，有时在霜叶上随手题几个字，还可以寄给朋友们代替了圣诞的贺片，因为这个于我的确是可爱的，应当与好友一同欣赏。于今呢？"停车坐爱枫林晚，霜叶红于二月花"，这样的美景到何处追寻？可爱的秋天的夕阳，不照在枫林上，减少了多少的渲染！这一切皆是我莫大的损失，这一切都是我相思的资料。

好了，莫大的损失，都可以取偿于雪了。南方诚然也有雪，然而哪里有这样的早！

当起床之后，窗外一望，是何等一片干净土？静悄悄的，白皑皑的，未经踏破的一片！

燕舫湖中岛上的孤松，秀韵之外，又抖擞着劲挺的精神。一湖碧水，数日前已变成玄冰，今晨忽地又是一个白玉环了。

局外的欣赏，不能满足童稚气的热烈的要求。"不入虎穴，不得虎子"，不融化于自然界中，如何能领略自然，不化入雪中，还算是赏雪么？这样的决心打破了清晨读陶诗的向例，踏步向燕舫湖中的雪上去了。燕舫之于西子，诚然有大巫小巫之别，在我平时的欣赏也不过慰情胜无，然而湖面踏雪，却不是西湖所能供给的。

童年稚龄，已随韶华春梦似的过去了；稚气童心，却依然存在。做雪人，打雪仗，已不是雪境中的玩意儿，雪景却仍然给我以快乐与安慰！

　　　　　　　　　　　十五年 ① 十二月六日，于燕大寒松室盼雪

---

① 指民国十五年，即 1926 年。

春雪

孙福熙

　　我之所以久留北京者，想看北京的雪是一大原因。在南方，天气太热，或者一年竟没有雪的，有时，下着积不起来，而且常常下不多厚，被雨水冲去了。因此我愿在多雪而雪不易消融的北京等候他。可是，等候着，等候着，我爱的雪还是没有来。上海的来信说已在下雪了，北京还没有；甚且里昂人见雪的消息也已送到了，北京还是没有雪。我虽不能精密地解析，我相信，我在北京的怠惰，就是这种失望造成的。

　　前几天，日光骤然的骄红了，春风跟着鼓舞，好在风筝来得热闹，我决计抛弃对于雪的想望，全副精神地等待春色了。

　　春的第一声是梅花报来的，他在铁劲的骨格上化出轻飘的花瓣，活的珊瑚似的放射他的生命。日光柔抚他，春风滋养他，一朵又一朵，一枝又一枝的培植得春光十分的热闹。如此鼓舞，又如此勉力，一秒之间也显得极大的滋长，你看，等花影投到花房壁上，花的本身又有几朵新开了。

　　真是不及料的，当我欣赏春色的时候，我爱而又久待的雪到来了。

我到中华门面前，大的石狮上披着白雪，老年人怕雪而披雪兜，他却因爱雪而披上雪做的兜。他张了嘴不绝的笑，谁说只有小孩是爱雪的？乌鸦们尽在树上乱喊，我知道，他们是没有吃的了，然而他们看了这公平的分与大众的洁白，他们诚心的快乐，与他人一样。人们就从此颂祝雪后快来春日，再与乌鸦一同去欢迎。

二月十七日

香海雪影

芮　麟

　　乙丑冬至前三天，恰遇大雪，我同了几位朋友，踏雪到梅园去看雪景。雪里的梅园，别有一番风味。可惜我描写的本领不高，不能把当时的真相曲曲传出，只记了这篇流水账。"雪啊！……雪啊！"一阵骇异而带喜欢的声浪，惊起了恹恹未醒的我，放眼一望，果然白茫茫一片模糊：疏疏的柳条和枯黄的叶儿，都妆成银枝玉叶了。"忽如一夜春风来，千树万树梨花开"，我这样兴奋地立在楼窗边，欣赏大自然间光明、温柔、祥瑞的景象。早餐后，雪花越下越大了；那癫狂也似的粉蝶儿，密密层层，团团片片，风推云涌般扑向地面上来；不料这漫天飞絮，竟鼓起了我们踏雪探梅的清兴。当时结合了六七位同志，个个精神抖擞，预备和风雪交战。虽然各人颈里都围着手巾，但是无情的冷风，还是呼呼地向面上刮来；而偏惯弄人的粉蝶，仍旧不住地向颈里直钻。平时崎岖难行的马路，现在给雪花轻轻地填平了；雄伟俊秀的龙山，罩着一件缟素舞衣，因雪花的飘动，银光闪烁，也似乎在那里微微舞蹈似的。田里青葱的麦苗，覆着洁白的雪花，更加雅美，简直把我们几个清游徒陶醉了。

春日的梅园，杏雨飘梅，多么美丽啊；夏日的梅园，熏风拂荷，多么爽畅啊；秋日的梅园，霜菊飞黄，何等幽逸啊！今日的梅园，却不同了：苍山覆雪，明烛天南，虽没有春日的红杏，夏日的绿荷，秋日的黄菊，但依旧美丽、爽畅、幽逸，正所谓总四时的胜景于一朝了。我们狂歌呜呜，深深的空山，寂寂的梅园，暂时给我们变热闹了。几十只野八哥，聚在苍翠的冬青上，弄它们的如簧之舌，似乎领略了大自然的款款深情，在那儿歌颂自然之美般的。我们到处都见权桠错落的梅树，但还含苞未放。这时雪下得慢慢儿小了，忽有位同学拿了几枝梅花，笑盈盈地走来说："梅花开了！"我们很觉奇怪，想到这样冷的天气，梅花哪会开呢？大家便跟他走，果然篱边有腊梅三四枝，寒梅几枝，也都开着满满的花儿，暗香浮动，时时同飞絮送到我们的鼻管里来。梅花本是百花的先锋，现在这几株梅花更是先锋队中的先锋了。"此花自信无轻骨，不向春风乞笑怜。"二句把梅花的冰肌玉骨和冲寒冒雪的精神、气节，描写得淋漓尽致了。昔人诗云"梅须逊雪三分白，雪却输梅一段香"，又去"有梅无雪不精神"，可见古人总将雪与梅相提并论的。单梅固然寂寞，单雪也觉扫兴，现在梅雪都有，我们竟得流连在这"别有天地非人间"的仙境，享受清福，正是天假之缘了。

　　诵幽堂侧的枫林，前星期我们来的时候，叶儿被夕阳照了，红得和火烧一般；现在刮了几天风，枫叶都掉在墙角，积成厚厚的一层，上边盖着雪花，好像一条棉被。远望太湖，但见满眼迷茫，既看不见浊浪排空的雄壮气概，也看不见水波不兴的秀丽景象。因为大自然间的一切，都给雪花搅乱了。湖边峰峦接连着云霞，云霞也接连了峰峦，几乎没有区别；但是云霞的距离毕竟远，颜色比较的淡些，峰峦的距离毕竟近，颜色比较的深些，所以虽在这漫天风雪的时候，约略还可辨认；倘使远远地望去，便觉模模糊糊一片，真的不能指出哪是峰峦，哪是云霞了。浩浩无际的湖面，好像一张白纸，那大小的风帆和远近的山峰，就如纸上的画图；湖心里的船篷，粗粗一看，竟是紧贴在峰峦的半腰里，构成一带白光。我平时看见图画上，往往湖里的船篷，画在湖边的山腰里，我总有些怀疑，现在看了这幅自然的画图，便恍然大悟了。湖边的独山，高低和我们所处的地位差不多，好像案台一样排列在面前；到此远近几十里的风景，已一览无遗了。诵幽堂里的对联，都是平日看惯了的，本没有什么特别引人的地方，但是今天因有洁白的银雪和破雪而开的寒梅，所以感想也仿佛有些不同。我们愈走愈高，而所见的风景也愈奇愈妙，到小罗浮时，觉得群山环拱，已置身于凌虚御境了。"到此已穷千里目，谁知方上一层楼"，我们在诵幽堂时，自谓四周的景象已一览无遗了，哪知到此却另有一番胜概啊！到招鹤亭，地位已是极高，幽美的风景，满眼呈前，可是那无情的风和无知的雪，相逼刮到脸上和颈里，叫人不可久留，于是我们便和亲爱的仙境告辞了。一线的骄阳也已从雪缝里慢慢儿透出和暖的光辉来，这时各人的心田里，充满着快乐、幽逸、超脱的念头，至于忧虑、烦恼、悲愤的心理，早已与雪俱化，消归九霄云外了。

一九二五年十二月二十六日

赤道雪

杨　朔

　　最近我在东非勾留了一阵，着实领略了一番坦噶尼喀①的奇风异景，有的是世界别处绝对看不到的。我的印象尽管五光十色，细细清理一下思路，却也只有十二个字，也许可以概括全貌，这就是：历史应当重写，道路正在草创。

一、历史应当重写

　　让我从一座山谈起。在坦噶尼喀东北部的莫希市，有一座高楼大厦的门上刻着这样的铭文，说乞力马扎罗山是被一个德国人首先发现的。

　　乞力马扎罗山逼近赤道，海拔一万九千多英尺②，是非洲的最高峰。山头经常云遮雾绕，好像是沉睡，可是，照当地人的说法，如果有贵宾来到，那山便要用手拂开云雾，豁然露出脸来。天啊！谁想得到紧临赤

---

① 1964 年，坦噶尼喀和桑给巴尔组成坦桑尼亚联合共和国。

② 1 英尺约 0.3 米。

道，背衬着碧蓝碧蓝的天空，这儿竟会出现这样一座山，满头是雪，仿佛戴着一顶银光闪闪的雪盔，终年也不摘下来。难道这不是奇迹么？"赤道之雪"就是这样得名的。

有说不尽的神话故事流传当地。据说在遥远遥远的古代，天神恩赈想迁居到山顶上，可以从最高处看望他的人民。恶魔不喜欢恩赈来，从山内点起把火，山口便喷出火焰来，抛出滚烫火热的熔岩。恩赈神一怒，当时召唤雷云，带着霹雳闪电，倾下一场奔腾急雨，一时搅得天色昏黑，地动山摇。人们都潜伏在小草屋里，吓得悄悄说："神在打仗了。"恩赈在极怒之下，又抛下一阵冰雹，直抛进火山口去，把火山填满，恶魔点起的火就永久熄灭了。恩赈神迁到雪山顶上，把乞力马扎罗的姐妹山梅鹿山赐给他的爱妾，在那里，恩赈用暴雨浇灭恶魔从山口喷吐的热灰，肥土和森林围绕着梅鹿山涌出，神便教导他的人民刀耕火种，生活是富足而美好的。

所谓神的人民指的就是自古以来散居在雪山脚下的瓦查戛族。第一个发现乞力马扎罗山的自然是瓦查戛人。十九世纪九十年代，德意志帝国才把坦噶尼喀抢到手，怎么会是德国人头一个看见赤道雪山呢？倒是有一件关于乞力马扎罗山的事，牵涉到德国。那是上一个世纪，英国维多利亚女皇在德国威廉皇帝生日那天，特意把这座非洲最高峰——乌呼鲁峰，当作寿礼送给威廉。这是殖民主义者给赤道雪山打上的奴隶的烙印。山如果有灵，当会在山头积雪上刻下铭文，记着不忘。

自从我来到乞力马扎罗山下，我就深深地被"赤道之雪"那雄壮瑰丽的景色吸引住，极想去探索一下曾经引出源源不断的神话故事的火山口。比较方便的去处是"恩根窦突"喷火口，在梅鹿山旁边，也不很高，来去容易。一到山脚，先看见一块诗牌，上头写着含意深沉的句子："无数年代以来，这儿就是宁静与和平的境界……"这儿也确实宁静，静得使人想起"山静如太古"的诗句。满山都是古木苍林，阴森森的，透出一股赤道的寒意。树木多半是奇形怪状的，叫不出名儿。有一种树不长叶儿，满树是棒槌模样的玩意儿，齐崭崭地朝上竖着，整棵树看来好像一盏大灯台，上头插满蜡烛。我能认识的只有"木布郁"树，树干粗得出奇，十几个人连起胳臂，也抱不过来。树心却是空的，大而无用。另有一种珍贵植物，叫"木布雷"，长九十年后才成材，极硬，拿它做家具，永远不会腐烂。听说一棵树能值两千镑。当地人告诉我说，早先年所罗门住的房子，就是从乞力马扎罗山一带砍去的木材造的。这类传说往往能给山川增色，还是不去深究的好。在树木狼林里，有时可以看见一种类似辣椒的东西，足有一尺多长，赤红赤红的，说不定真是大辣椒呢。

我穿过阴森霉湿的森林，慢慢爬上山顶，火山口蓦然呈现在脚下，约莫上千丈深，百亩方圆，口底一半是水泽，铺满碧草，另一半丛生着各种杂树。"恩根窦突"是梅鹿族人土语，意思是野兽。这里该有野兽吧？是有。你看，在火山口底的水草旁边，有一群小黑点在移动，那是犀牛，饮水的，吃草的，也有吃饱了草卧着打盹的。你再看，犀牛不远有两棵小树，上半段交叉在一起，好像连理树。那不是树，是两只长颈鹿。索马里语叫长颈鹿是 giri，中国古时候直译原字音称作麒麟。那两只长颈鹿该是一对情人，长脖子紧贴在一起，互相磨擦着，又用舌头互相舐着，好不亲热。我站在火山口的沿上，一时间好像沉进洪荒远古的宁静里，忘记自己，脑子里幻出离奇古怪的神话，幻出顶天立地的恩赊神，神就立在乞力马扎罗山的雪盔上……

实在想去爬一爬赤道雪山啊。可惜上下得五天，我的时间不足。不能爬山，好歹也得去玩玩。有一天午后，我跟一位叫伊萨的印度尼西亚朋友坐上车去了。一路上尽是荒野，土地肥得要流出油来，渴望着生育，就生育着长林丰草，一眼望不见边。丛莽稀疏的地方，有时露出圆筒形的小屋，上头戴着尖顶草帽模样的草盖，本地人叫作"板搭"。"板搭"旁边长着香蕉、木薯一类东西。碰巧可以看见服色浓艳的农家妇女刚采下香蕉，好一大朵，顶在头上，该有几十斤重。汽车渐渐往山上爬，终于停到林木深处一家旅舍前。

乞力马扎罗有两座著名的山峰，一座叫"基博"，另一座叫"马温齐"。这家旅舍就取"基博"做名字，意思是山顶。凡是爬雪山的人都要先在这儿落脚，换服装，带口粮，爬完山回来，也要在这儿洗洗满身的雪尘。我们走到旅舍后身的半山坡，想欣赏一下雪山的奇景，不想望上去，一重一重尽是郁郁苍苍的密林。来到跟前，反倒望不见雪山顶了。朝山下望去，肥沃的麻查密大平原横躺在眼前，绿沉沉，雾腾腾，烟瘴瘴的，好一番气象。后来我们回到旅舍的前廊里，要了壶非洲茶，坐着赏玩山景。廊里的布置也很别致。墙是碗口粗的竹子拼成的，墙上挂着羚羊角，悬着画盾，交叉着青光闪亮的长矛。地面上摆着象腿做的矮凳，还有大象脚挖成的废纸箱，处处都是极浓的非洲色彩。

伊萨是个爱艺术的人，喜欢搜集有特色的工艺品，到了这座名山，怎么肯空着手回去。他走到旅舍的柜台前，那儿摆着各色各样的木雕，有人物，也有坦噶尼喀的珍禽异兽。就中有只黄杨木雕的犀牛，怒冲冲的，神气就像要跳起来，触人一角。

伊萨向柜台里问道："请原谅我，这只犀牛卖多少钱？"

柜台里坐着个英国妇人，三十多岁了，打扮得挺妖娆，低着头在算账，眼皮儿也不抬说："十八个先令。"

伊萨说："这样贵啊！便宜一点行不行？"

那妇人把铅笔往桌子上轻轻一撂，望着伊萨严肃地说："对不起，先生，我们不像当地土人，欺诈撒谎，骗人的钱。你要买，就是这个价钱，我们是不还价的。"

伊萨爱上那犀牛，嫌贵，还是买了。

黄昏时分，我们回到山下的莫希市。有几位朋友坐在旅馆二楼的凉台上乘凉。我加入他们一伙，大家喝啤酒，闲谈，一面看山。雪山正对着我们，映着淡青色的天光，轮廓格外清晰，像刻在天上似的。

没留心伊萨走来，手里拿着犀牛，冲着我笑道："我刚在市上问了问，跟这一般大的犀牛，你猜多少钱？"

我沉吟着问："便宜些么？"

伊萨笑道："便宜多了——只七个先令。"

恰巧有一个瓦查戛族的孩子来卖报，身上穿着一条破短裤，瘦得肋巴骨都突出来。伊萨挑了一份周刊，掏出几个零钱给那孩子。那孩子睁着溜圆的大眼，指着刊物上的价钱，小声说："一个先令，半个便士也不多拿。"

我不禁望着孩子瘦嶙嶙的后影说："多诚实的孩子！"

伊萨嘲笑说："那个高贵的英国妇女却骂人是骗子呢。我倒想起一个笑话：白人刚到非洲时，白人有《圣经》，黑人有土地；过不多久，黑人有《圣经》，土地都落到白人手里了。"坦噶尼喀人的忠厚淳朴，十分可喜。你半路停下车，时常会有人殷殷勤勤问："占宝（"你好"的意思），我能帮助你什么呢？"如果车子坏了，投不到宿处，也不用愁，总会有人引你到他的"板搭"里，拿出最好的东西给你吃，让出最舒服的地方给你睡，还怕你怪他招待不周。当地人之间自然也有纠纷，裁判纠纷的方法也朴直有趣。譬如说，他们彼此住处的分界不砌墙，只种上一溜叫"麻刹栗"的灌木做篱笆。万一两家争起土地来，主持公道的人就摘下"麻刹栗"最高梢的叶子，蘸上黄油，叫你吃。叶子是不毒的，可是，如果地不属于你，据说吃了就会死的。想赖地的人绝不敢吃，是非也就分晓。"马沙裔"是个勇猛的部族，风俗比较特殊。女人剃着光头，男人喜欢拖着假发编的长辫子。一位久居坦噶尼喀的亚洲朋友告诉我说，有一回，一个马沙裔人潦倒半路，拦住他借钱。他想：这个流浪汉人生面不熟的，借了钱去，还不等于把钱抛到印度洋去，没个着落。但他还是借给他了。谁知过不几天，那马沙裔人亲自上门还了钱，还弹着弓琴唱了支歌，唱出他心底涌着的情意。

请看，坦噶尼喀人就是这样质朴善良，有情有义。一到殖民主义者笔下，可就变得又野蛮、又凶残，不像人样。实际呢，坦噶尼喀人是有着极为悠久的历史文化，旧石器时代的遗址相当丰富。最惹人注目的是奥尔迪乌山谷，那儿的湖床里发现不少已经绝种的哺乳动物的骨骼化石，还有最早的人类遗骸，其中就有世界著名的"东非人"
（Zinjanthropus）头骨，历史总在五十万年以上了。别的古代遗墟、古
代石画，到处都有，值得人类特别珍视。千百年来，异民族的侵略统治
使这儿的人民陷到奴隶的痛苦里。阿拉伯人、葡萄牙人、土耳其人、德
国人、英国人轮流喝着坦噶尼喀人的鲜血。坦噶尼喀人于是纷纷起义。
七十岁的老人今天还能絮絮不休地告诉你当年他们袭击德国军队的英勇
故事。他们的历史充满斗争，终于从斗争中取得今天的独立。

不幸这部历史却蒙着厚厚的红尘，甚而被殖民主义者歪曲到可笑
的地步。历史是应当重写了，而人民也确实在用自己的双手写着新的
历史。

二、道路正在草创

坦噶尼喀的首府达累斯萨拉姆，按原意译出来，是和平的城市。乍
到的时候，我望着蓝得发娇的印度洋，望着印度洋边上一片绿阴阴的树
木，望着树木烘托着的精巧建筑，似乎真给人一种和平的感觉。有两座
异常豪华的大建筑实在刺眼。细细看去，一座是英国标旗银行，另一座
是基督教堂。我心里不舒服了。我这种感情并非来自偏见。接着我发觉
那花木幽静的一带原来是欧洲区，有的去处叫什么"皇家境地"，坦噶
尼喀独立前，压根儿不许非洲人进来。我寄居的英国旅馆叫"棕榈滩"，
小得很，听说刚独立不久，达累斯萨拉姆市长去喝冷饮，竟遭到拒绝。
欧洲区以外还有印度区和非洲区。印度区称得起生意兴隆，也还整洁。

一到非洲区，满街扬着沙尘，房屋多半是泥墙，顶上搭着椰子树叶，那种景象，恰似害血吸虫病的人那样。

这其实不足为怪，哪个长期受压迫的国家不是这样？今天，坦噶尼喀也像别的新独立的国家一样，正在逐渐清洗着殖民主义的遗毒。

想不到坦噶尼喀竟这样富庶。产金刚石、金子、银子，以及犀牛角、象牙等珍贵物品。土地也肥沃极了。山也好，平原也好，处处绿得发黑，黑得发亮。有时你会发现大片的耕地，整整齐齐的，种着咖啡、甘蔗一类热带作物，你准也会发现怪舒适的欧洲住宅。当地朋友就会告诉你说：这是约翰森先生的种植场，或者这是伯敦先生的庄园……反正不是非洲人的。

剑麻（本地叫西沙尔麻）最著名了，全世界五分之二的产量出在这片国土上，坦加又是这片国土上最著名的产地。我在坦加逗留了两天，那是个港口，满山满野都是大片大片的剑麻地，远远看去，倒像一幅大得无边的绿绒条纹地毯，平铺在大地上。剑麻长得又壮，有的比人还高，不愧是上好品种。间或看见剑麻丛里长出树干子来，树梢上挂着小穗子。那是要留剑麻籽儿。凡是留籽儿的剑麻，叶子老了，抽不出纤维来，根本没用处。二月的东非，太阳像火烤一般。正割剑麻叶子的非洲工人光着膀子，前胸刺满花纹，晒得汗水直流，像要融化了似的。

陪我参观的是坦加市的新闻官，一个英国人。我问他道："这样大规模生产，是谁经营的？"

新闻官说："希腊人、英国人、瑞士人、荷兰人、德国人，也有印度人……"

我又问道:"非洲人呢?"

新闻官说:"你看,剑麻需要大量肥料,长得又慢,不到三年不能收割。非洲人资金不足,自然无法经营。"

后来他带我去看了一家坦加最大的剑麻公司。那是瑞士人经营的,经理叫俄曼,眼有点斜,留着短短的上髭,胸脯微微挺着,显得很自信。俄曼说剑麻田里没什么趣味,便领我去看剑麻洗剥场、化验场、机器修配场等等。他走到哪儿,工人都对他说"占宝",向他举手行礼。俄曼客气地点着头,两手插在裤兜里,一路冷冷淡淡地说:"我们这儿总共有八千多工人。养这么多人,不是儿戏啊。从生产到生活,需要的东西,我们完全可以自给,不必仰赖别处。"

我说:"这不成了个独立王国么?"

俄曼淡淡一笑说:"也许是吧,不这样也不行。让我举个例子,种植园的拖拉机坏了,市上根本无处修理,你没有自己的修配场,岂不得停工。"

我问道:"工人最低工资每月多少?"

俄曼支吾说:"这就难讲了。临时工多,来来去去像流水,不好计算——重要的是福利事业……"便指点着说,"那边一片房子,你看见么,是工人宿舍,水电都有,完全免费。孩子要念书,有学校,教员都是欧洲人。病了,可以到医院去,也是免费……"

我有心去看看那些福利设施,俄曼先生却很有礼貌地掉转脸,用手掩着嘴打了个呵欠,又看看表说:"对不起,我能领你看的,就这些了。我还能替你效点别的劳么?"

我便感谢他的好意，握握手告别。走出工厂，路过一个小市场，肮脏得很，是这家剑麻公司设立的。几个面貌憔悴的非洲妇女摆着小摊儿，卖椰子、柠檬等。旁边泥土里坐着个两三岁的小男孩，光溜溜的，蹬着两只小腿直哭。市场柱子旁倚着个工人，还很年轻，身上挂着碎布绺绺，伸着手讨钱。那已经不像只手，只剩一个手掌子，连着半根拇指，显然是叫机器碾的。我的耳边又响起俄曼先生动听的话音。

还是有非洲人经营剑麻的，虽说只一家，到底开始了。那家人藏在深山里，正在烧山砍树，翻掘泥土。已经栽种的剑麻缠着荒草，有待于清除。主人出门了，主人的兄弟从地里赶回来，在木棉树荫凉里招呼我们。谈起事业来，自然有些难处。缺机器，资金也不宽裕。向银行借款，又得抵押。可是一丝儿也看不出他有灰心丧气的神情。他的脸色透着坚毅，透着勤奋，也透着信心。这种精神，清清楚楚写在每个坦噶尼喀人的脸上。就凭着这种精神，坦噶尼喀人民正在打井，开辟生荒，建设新乡村；正在创办合作社农业实验站；正在实行"自助计划"，许多人都腾出空余的时间，参加义务劳动，用劳动的成果来纪念祖国的独立。

从坦加坐汽车回达累斯萨拉姆的路上，我们穿过深山，发现一条新路。只见滚滚红尘里，魁伟美壮的非洲青年驾着开山机，斩断荆棘，凿开山岭，开辟着道路。这新路还远远未修成，前头尽是深山丛林，崎岖不平。但我深信，非洲的丛莽中自会辟出坦坦荡荡的新路的。

一九六三年三月寄自非洲

第四辑

月

荷塘月色

朱自清

这几天心里颇不宁静。今晚在院子里坐着乘凉，忽然想起日日走过的荷塘，在这满月的光里，总该另有一番样子吧。月亮渐渐地升高了，墙外马路上孩子们的欢笑，已经听不见了；妻在房里拍着闰儿，迷迷糊糊地哼着眠歌。我悄悄地披上大衫，带上门出去。

沿着荷塘，是一条曲折的小煤屑路。这是一条幽僻的路；白天也少人走，夜晚更加寂寞。荷塘四面，长着许多树，蓊蓊郁郁的。路的一旁，是些杨柳，和一些不知道名字的树。没有月光的晚上，这路上阴森森的，有些怕人。今晚却很好，虽然月光也还是淡淡的。

路上只我一个人，背着手踱着。这一片天地好像是我的；我也像超出了平常的自己，到了另一世界里。我爱热闹，也爱冷静；爱群居，也爱独处。像今晚上，一个人在这苍茫的月下，什么都可以想，什么都可以不想，便觉是个自由的人。白天里一定要做的事，一定要说的话，现在都可不理。这是独处的妙处，我且受用这无边的荷香月色好了。

曲曲折折的荷塘上面，弥望的是田田的叶子。叶子出水很高，像亭亭的舞女的裙。层层的叶子中间，零星地点缀着些白花，有袅娜地开着的，有羞涩地打着朵儿的；正如一粒粒的明珠，又如碧天里的星星，又如刚出浴的美人。微风过处，送来缕缕清香，仿佛远处高楼上渺茫的歌声似的。这时候叶子与花也有一丝的颤动，像闪电般，霎时传过荷塘的那边去了。叶子本是肩并肩密密地挨着，这便宛然有了一道凝碧的波痕。叶子底下是脉脉的流水，遮住了，不能见一些颜色；而叶子却更见风致了。

　　月光如流水一般，静静地泻在这一片叶子和花上。薄薄的青雾浮起在荷塘里。叶子和花仿佛在牛乳中洗过一样；又像笼着轻纱的梦。虽然是满月，天上却有一层淡淡的云，所以不能朗照；但我以为这恰是到了好处——酣眠固不可少，小睡也别有风味的。月光是隔了树照过来的，高处丛生的灌木，落下参差的斑驳的黑影，峭楞楞如鬼一般；弯弯的杨柳的稀疏的倩影，却又像是画在荷叶上。塘中的月色并不均匀；但光与影有着和谐的旋律，如梵婀玲上奏着的名曲。

　　荷塘的四面，远远近近，高高低低都是树，而杨柳最多。这些树将一片荷塘重重围住；只在小路一旁，漏着几段空隙，像是特为月光留下的。树色一例是阴阴的，乍看像一团烟雾；但杨柳的丰姿，便在烟雾里也辨得出。树梢上隐隐约约的是一带远山，只有些大意罢了。树缝里也漏着一两点路灯光，没精打采的，是渴睡人的眼。这时候最热闹的，要数树上的蝉声与水里的蛙声；但热闹是它们的，我什么也没有。

　　忽然想起采莲的事情来了。采莲是江南的旧俗，似乎很早就有，而六朝时为盛；从诗歌里可以约略知道。采莲的是少年的女子，她们是荡着小船，唱着艳歌去的。采莲人不用说很多，还有看采莲的人。那是一个热闹的季节，也是一个风流的季节。梁元帝《采莲赋》里说得好：

> 于是妖童媛女，荡舟心许，鹢首徐回，兼传羽杯；棹将移而藻挂，船欲动而萍开。尔其纤腰束素，迁延顾步，夏始春余，叶嫩花初，恐沾裳而浅笑，畏倾船而敛裾。

可见当时嬉游的光景了。这真是有趣的事，可惜我们现在早已无福消受了。

于是又记起《西洲曲》里的句子：

> 采莲南塘秋，莲花过人头；低头弄莲子，莲子清如水。

今晚若有采莲人，这儿的莲花也算得"过人头"了；只不见一些流水的影子，是不行的。这令我到底惦着江南了。——这样想着，猛一抬头，不觉已是自己的门前；轻轻地推门进去，什么声息也没有，妻已睡熟好久了。

一九二七年七月

谈月亮

茅盾

不知道什么原因，我跟月亮的感情很不好。我也在月亮底下走过，我只觉得那月亮的冷森森的白光，反而把凹凸不平的地面幻化为一片模糊虚伪的光滑，引人去上当；我只觉得那月亮的好像温情似的淡光，反而把黑暗潜藏着的一切丑相幻化为神秘的美，叫人忘记了提防。

月亮是一个大骗子，我这样想。

我也曾对着弯弯的新月仔细看望。我从没觉得这残缺的一钩儿有什么美；我也照着"诗人"们的说法，把这弯弯的月牙儿比作美人的眉毛，可是愈比愈不像，我倒看出来，这一钩的冷光正好像是一把磨的锋快的杀人的钢刀。

我又常常望着一轮满月。我见过她装腔作势地往浮云中间躲，我也见过她像一个白痴人的脸孔，只管冷冷地呆木地朝着我瞧，什么"广寒宫"，什么"嫦娥"——这一类缥缈的神话，我永远联想不起来，可只觉得她是一个死了的东西。然而她偏不肯安分，她偏要"借光"来欺骗漫漫长夜中的人们，使他们沉醉于空虚的满足，神秘的幻想。

月亮是温情主义的假光明！我这么想。

呵呵，我记起来了：曾经有过这么一回事，使得我第一次不信任这月亮。那时我不过六七岁，那时我对于月亮无爱亦无憎。有一次月夜，我同邻舍的老头子在街上玩。先是我们走，看月亮也跟着走；随后我们就各人说出他所见的月亮有多么大。"像饭碗口"，是我说的。然而邻家老头子却说"不对"，他看来是有洗脸盆那样子。

"不会差得那么多的！"我不相信，定住了眼睛看，愈看愈觉得至多不过是"饭碗口"。

"你比我矮，自然看去小了呢。"老头子笑嘻嘻说。

于是我立刻去搬一个凳子来，站上去，一比，跟老头子差不多高了，然而我头顶的月亮还只有"饭碗口"的大小。我要求老头子抱我起来，我骑在他的肩头，我比他高了，再看看月亮，还是原来那样的"饭碗口"。

"你骗人哪！"我作势要揪老头儿的小辫子。

"嗯嗯，那是——你爬高了不中用的。年纪大一岁，月亮也大一些，你活到我的年纪，包你看去有洗脸盆那样大。"老头子还是笑嘻嘻。

我觉得失败了，跑回家去问我的祖父。仰起头来望着月亮，我的祖父摸着胡子笑着说："哦哦，就跟我的脸盆差不多。"在我家里，祖父的洗脸盆是顶大的，于是我相信我自己是完全失败了。在许多事情上都被家里人用一句"你还小哩！"来剥夺了权利的我，于是就感到月亮也那么"欺小"，真正岂有此理。月亮在那时就跟我有了仇。

呵呵，我又记起来了，曾经看见过这么一件事，使得我知道月亮虽则未必"欺小",却很能使人变得脆弱了似的,这件事,离开我同邻舍老头子比月亮大小的时候也总有十多年了。那时我跟月亮又回到了无恩无仇的光景。那时也正是中秋快近,忽然有从"狭的笼"里逃出来的一对儿,到了我的寓处。大家都是卯角之交,我得尽东道之谊。而且我还得居间办理"善后"。我依着他们俩铁硬的口气,用我自己出名,写了信给双方的父母——我的世交前辈,表示了这件事恐怕已经不能够照"老辈"的意思挽回。信发出的下一天就是所谓"中秋",早起还落雨,偏偏晚上是好月亮,一片云也没有。我们正谈着"善后"事情,忽然发现了那个"她"不在我们一块儿。自然是最关心"她"的那个"他"先上楼去看去。等过好半晌,两个都不下来,我也只好上楼看一看到底为了什么。一看可把我弄糊涂了!男的躺在床上叹气,女的坐在窗前,仰起了脸,一边望着天空,一边抹眼泪。

"唉,怎么了?两口儿斗气?说给我来评评。"我不会想到另有别的问题。

"不是呀!——"男的回答,却又不说下去。

我于是走到女的面前,看定了她——凭着我们小时也是捉迷藏的伙伴,我这样面对面朝她看是不算莽撞的。

"我想——昨天那封信太激烈了一点。"女的开口了,依旧望着那冷清清的月亮,眼角还噙着泪珠。"还是,我想,还是我回家去当面跟爸爸妈妈办交涉——慢慢儿解决,将来他跟我爸爸妈妈也有见面之余地。"

我耳朵里轰的响了一声。我不知道什么东西使得这个昨天还是嘴巴铁硬的女人现在忽又变计。但是男的此时从床上说过一句来道:

"她已经写信告诉家里，说明天就回去呢！"

这可把我骇了一跳。糟糕！我昨天全权代表似的写出两封信，今天却就取消了我的资格；那不是应着家乡人们一句话：什么都是我好管闲事闹出来的。那时我的脸色一定难看得很，女的也一定看到我心里，她很抱歉似的亲热地叫道："×哥，我会对他们说，昨天那封信是我的意思叫你那样写的！"

"那个，只好随它去；反正我的多事是早已出名的。"我苦笑着说，盯住了女的面孔。月亮光照在她脸上，这脸现在有几分"放心了"的神气；忽然她低了头，手捂住了脸，就像闷在瓮里似的声音说："我撇不下妈妈。今天是中秋，往常在家里妈给我……"

我不愿意再听下去。我全都明白了，是这月亮，水样的猫一样的月光勾起了这位女人的想家的心，把她变得脆弱了。

从那一次以后，我仿佛懂得一点关于月亮的"哲理"。我觉得我们向来有的一些关于月亮的文学好像几乎全是幽怨的，恬退隐逸的，或者缥缈游仙的。跟月亮特别有感情的，好像就是高山里的隐士，深闺里的怨妇，求仙的道士。他们借月亮发了牢骚，又从月亮得到了自欺的安慰，又从月亮想象出"广寒宫"的缥缈神秘。读几句书的人，平时不知不觉间熏染了这种月亮的"教育"，临到紧要关头，就会发生影响。

原始人也曾在月亮身上做"文章"——就是关于月亮的神话。然而原始人的月亮文学只限于月亮本身的变动；月何以东升西没，何以有缺有圆有蚀，原始人都给了非科学的解释。至多亦不过想象月亮是太阳的老婆，或者是姊妹，或者是人间的"英雄"逃上天去罢了。而且他们从不把月亮看成幽怨闲适缥缈的对象。不，现代澳洲的土人反而从月亮的圆缺创造了奋斗的故事。这跟我们以前的文人在月亮有圆缺上头悟出恬淡知足的处世哲学相比起来，差得多么远呀！

把月亮的"哲理"发挥得淋漓尽致的，也许只有我们中国罢？不但骚人雅士美女见了月亮，便会感发出许多的幽思离愁，扭捏缠绵到不成话；便是喑呜叱咤的马上英雄也被写成了在月亮的魔光下只有悲凉，只有感伤。这一种"完备"的月亮"教育"会使"狭的笼"里逃出来的人也触景生情地想到再回去，并且我很怀疑那个邻舍老头子所谓"年纪大一岁，月亮也大一些"的说头未必竟是他的信口开河，而也许有什么深厚的月亮的"哲理"根据罢！

从那一次以后，我渐渐觉得月亮可怕。

我每每想：也许我们中国古来文人发挥的月亮"文化"，并不是全然主观的；月亮确是那么一个会迷人会麻醉人的家伙。

星夜使你恐怖，但也激发了你的勇气。只有月夜，说是没有光明么？明明有的。然而这冷凄凄的光既不能使五谷生长，甚至不能晒干衣裳；然而这光够使你看见五个指头却不够辨别稍远一点的地面的坎坷。你朝远处看，你只见白茫茫的一片，消弭了一切轮廓。你变做"短视"了。你的心上会遮起了一层神秘的迷迷糊糊的苟安的雾。

人在暴风雨中也许要战栗，但人的精神，不会松懈，只有紧张；人撑着破伞，或者破伞也没有，那就挺起胸膛，大踏步，咬紧了牙关，冲那风雨的阵，人在这里，磨炼他的奋斗力量。然而清淡的月光像一杯安神的药，一粒微甜的糖，你在她的魔术下，脚步会自然而然放松了，你嘴角上会闪出似笑非笑的影子，你说不定会向青草地下一躺，眯着眼睛望天空，乱麻麻地不知想到哪里去了。

自然界现象对于人的情绪有种种不同的感应，我以为月亮引起的感应多半是消极。而把这一点畸形发挥得"透彻"的，恐怕就是我们中国的月亮文学。当然也有并不借月亮发牢骚，并不从月亮得了自欺的安慰，并不从月亮想象出神秘缥缈的仙境，但这只限于未尝受过我们的月亮文学影响的"粗人"罢！

我们需要"粗人"眼中的月亮，我又每每这么想。

月夜之话

郑振铎

是在山中的第三夜了。月色是皎洁无比，看着她渐渐地由东方升了起来。蝉声叽——叽——叽——的漫长的叫着，岭下涧水潺潺的流声，隐略的可以听见，此外，便什么声音都没有了。月如银的圆盘般大，静定的挂在晚天中，星没有几颗，疏朗朗的间缀于蓝天中，如美人身上披着蓝天鹅绒的晚衣，缀了几颗不规则的宝石。大家都把自己的摇椅移到东廊上坐着。

初升的月，如水银似的白，把她的光笼罩在一切的东西上；柱影与人影，粗黑的向西边的地上倒映着。山呀，田地呀，树林呀，对面的许多所的屋呀，都朦朦胧胧的不大看得清楚，正如我们初从倦眠中醒了来，睁开了眼去看四周的东西，还如在渺茫梦境中似的；又如把这些东西都幕上了一层轻巧细密的冰纱，它们在纱外望着，只能隐约地看见它们的轮廓；又如春雨连朝，天色昏暗，极细极细的雨丝，随风飘拂着，我们立在红楼上，由这些蒙雨织成的帘中向外望着。那末样的静美，那末样柔秀的融和的情调，真非身临其境的人不能说得出的。

"那么好的月呀！"擘黄先生赞赏似的叹美着。

同浴于这个明明的月光中的，还有梦旦先生和心南先生。静悄悄的，各人都随意地躺在他的摇椅上，各自在默想他的崇高的思绪。也不知道有多少秒，多少分，多少刻的时间是过去了，红栏杆外是月光，蝉声与溪声，红栏杆内是月光照浴着的几个静思的人。

　　　　月光光，

　　　　照河塘，

　　　　骑竹马，

　　　　过横塘。

　　　　横塘水深不得过，

　　　　娘子牵船来接郎。

　　　　问郎长，问郎短，

　　　　问郎此去何时返。

　　心南先生的女公子依真跳跃着的由西边跑了过来，嘴里这样的唱着。那清脆的歌声漫溢于朦胧的空中，如一塘静水中起了一个水沤似的，立刻一圈一圈的扩大到全个塘面。

　　"这是各处都有的儿歌，辜鸿铭曾选入他的《幼学弦歌》中。"梦旦先生说。他真是一个健谈的人，又恳挚，又多见闻，凡是听过他的话的人，总不肯半途走了开去。

　　"福州还有一首大家都知道的民歌，也是以月为背景的，真是不坏。"梦旦先生接着说；于是他便背诵出了这一首歌。

原文：

共哥相约月出来，

怎样月出哥未来？

没是奴家月出早？

没是哥家月出迟？

不论月出早与迟，

恐怕我哥未肯来。

当日我哥未娶嫂，

三十无月哥也来。

译文：

与他相约月出来，

怎么月出了他还未来？

莫不是我家月出得早？

莫不是他家月出得迟？

不论月出早与迟，

只怕他是不肯来了吧！

当日他没有娶妻时，

没有月的三十夜也还来呢。

这首歌的又真挚又曲折的情绪，立刻把大家捉住了。像那么好的情歌，真不多见。

"我真想把它抄录了下来呢！"我说。于是梦旦先生又逐句的背念了一遍，我便录了下来。

"大约是又成了《山中通信》的资料吧。"擘黄先生笑着说道，他今天刚看见我写着《山中通信》。

"也许是的，但这样的好词，不写了下来，未免太可惜了。"

"我也有一个，索性你再写了吧。"擘黄说。

我端正了笔等着他。

　　七月七夕鹊填桥，

　　牛郎织女渡天河。

　　人人都说神仙好，

　　一年一度算什么！

"最后一句真好，凡是咏七夕的诗，恐怕不见得有那样透彻的口气吧。可见民歌好的不少，只在自己去搜集而已。"擘黄说。

大家的话匣子一开，沉静的气氛立刻打破了，每个人都高高兴兴地谈着唱着，浑忘了皎洁月光与其他一切。月已升得很高，倒向西边的柱影，已渐渐的短了。

梦旦先生道："还有一首歌，你们听人说过没有？"

采苹你去问秋英，

怎么姑爷跌满身？

他说："相公家里回，

也无火把也无灯。"

既无火把也要灯！

他说相公家里回，

怎么姑爷跌满身？

采苹你去问秋英！

"是的，听见过的，"擘黄说，"但其层次与说话之语气颇不易分得出明白。"

"大约是小姐见姑爷夜间回来，跌了一身的泥，不由得起了疑心，便叫丫头采苹去问跟班秋英。采苹回到小姐那里，转述秋英的话，相公之所以跌得一身泥者，因由家里回来，夜色黑漆漆的，又无火把又无灯笼也。第二首完全是小姐的话，她的疑心还未释，相公既由家回，如无火把也要有灯，怎么会跌得一身泥？于是再叫采苹去问秋英。虽然是如连环诗似的二首，前后的意思却很不同。每个人的口气也都逼真的像。"梦旦先生说。

经了这样一解释，这首诗，真的也成了一首名作了。

真鸟仔，

啄瓦檐，

奴哥无"母"这数年。

看见街上人讨"母",

奴哥目泪挂目檐。

有的有,没的没,

有人老婆连小婆!

只愿天下作大水,

流来流去齐齐没。

　　这一首也是这一夜采得的好诗,但恐非"非福州人"所能了解。所谓"真鸟仔"者,即小麻雀也。"母"者,即女子也,即所谓公母之"母"是也。"奴哥"者,擘黄以为是他人称他的,我则以为是自称的口气。兹译之如下:

小小的麻雀儿,

在瓦檐前啄着,啄着,

我是这许多年还没有妻呀!

看见街上人家闹洋洋的娶亲,

我不由得双泪挂眼边。

有的有,没有的没有,

有的人,有了妻,却还要小老婆。

但愿天下起了大水,

流来流去,使大家一齐都没有。

这个译文，意思未见得错，音调的美却完全没有了。所以要保存民歌的绝对的美，似非用方言写出来不可。

这一夜，是在山上说得最舒畅的一夜，直到了大家都微微地呵欠着，方才散了，各进房门去睡。第二夜，月光也不坏。我却忙着写稿子；再一夜，天色却不佳，梦旦先生和擘黄又忙着收拾行囊，预备第二天一早下山。像这样舒畅的夜谈，却终于只有这一夜，这一夜呀！

海上生明月

巴　金

　　四围都静寂了。太阳也收敛了它最后的光芒。炎热的空气中开始有了凉意。微风掠过了万顷烟波。船像一只大鱼在这汪洋的海上游泳。突然间,一轮红黄色大圆镜似的满月从海上升了起来。这时并没有万丈光芒来护持它。它只是一面明亮的宝镜,而且并没有夺目的光辉。但是青天的一角却被它染成了杏红的颜色。看!天公画出了一幅何等优美的图画!它给人们的印象,要超过所有的人间名作。

　　这面大圆镜愈往上升便愈缩小,红色也愈淡,不久它到了半天,就成了一轮皓月。这时上面有无际的青天,下面有无涯的碧海,我们这小小的孤舟真可以比作沧海的一粟。不消说,悬挂在天空的月轮月月依然,年年如此。而我们这些旅客,在这海上却只是暂时的过客罢了。

　　与晚风、明月为友,这种趣味是不能用文字描写的。可是真正能够做到与晚风、明月为友的,就只有那些以海为家的人!我虽不能以海为家,但做了一个海上的过客,也是幸事。

　　上船以来见过几次海上的明月。最难忘的就是最近的一夜。我们吃过晚餐后在舱面散步，忽然看见远远的一盏红灯挂在一个石壁上面。这红灯并不亮。后来船走了许久，这盏石壁上的灯还是在原处。难道船没有走么？但是我们明明看见船在走。后来这个闷葫芦终于给打破了。红灯渐渐地大起来，成了一面圆镜，腰间绕着一根黑带。它不断地向上升，突破了黑云，到了半天。我才知道这是一轮明月，先前被我认为石壁的，乃是层层的黑云。

月夜孤舟

庐　隐

　　发发弗弗的飘风，午后吹得更起劲，游人都带着倦意寻觅归程，马路上人迹寥落，但黄昏时风已渐息，柳枝轻轻款摆，翠碧的景山巅上，斜辉散霞，紫罗兰的云幔，横铺在西方的天际，他们在松荫下，迈上轻舟，慢摇兰桨，荡向碧玉似的河心去。

　　全船的人都悄默地看远山群峰，轻吐云烟，听舟底的细水潺湲，渐渐的四境包溶于模糊的轮廓里，远景地更清幽了。

　　他们的小舟，沿着河岸慢慢地前进，这时淡蓝的云幕上，满缀着金星，皎月盈盈下窥，河上没有第二只游船，只剩下他们那一叶的孤舟，吻着碧流，悄悄地前进。

　　这孤舟上的人们——有寻春的骄子，有飘泊的归客——在咿呀的桨声中，夹杂着欢情的低吟和凄意的叹息。把舵的阮君在清辉下，辨认着孤舟的方向，森帮着摇桨，这时他们的确负有伟大的使命，可以使人们得到安全，也可以使人们沉溺于死的深渊。森努力拨开牵绊的水藻，舟已到河心。这时月白光清，银波雪浪动了沙的豪兴，她扣着船舷唱道：

十里银河堆雪浪，

四顾何茫茫？

这一叶孤舟轻荡，

荡向那天河深处，

只恐玉宇琼楼高处不胜寒！

…………

我欲叩苍穹，

问何处是隔绝人天的离恨宫？

奈雾锁云封！

奈雾锁云封！

绵绵恨……几时终！

这凄凉的歌声使独坐船尾的鞶愔然了，她呆望天涯，悄数陨坠的生命之花；而今呵，不敢对冷月逼视，不敢向苍天伸诉，这深抑的幽怨，使得她低默饮泣。

自然，在这展布天衣缺陷的人间，谁曾看见过不谢的好花？只要在静默中掀起心幕，摧毁和焚炙的伤痕斑斑可认，这时全船的人，都觉得灵弦凄紧。虞斜倚船舷，仿佛万千愁恨，都要向清流洗涤，都要向河底深埋。

天真的丽，他神经更脆弱，他凝视着含泪的鞶，狂痴的沙，仿佛将有不可思议的暴风雨来临，要摧毁世间的一切；尤其要捣碎雨后憔悴的梨花，他颤抖着稚弱的心，他发愁，他叹息，这时的四境实在太凄凉了！

沙呢，她原是漂泊的归客，并且归来后依旧漂泊，她对着这凉云淡雾中的月影波光，只觉幽怨凄楚，她几次问青天，但苍天冥冥依旧无言！这孤舟夜泛，这冷月只影，都似曾相识——但细听没有灵隐深处的钟磬声，细认也没有雷峰塔痕，在她毁灭而不曾毁灭尽的生命中，这的确是一个深深的伤痕。

八年前的一个月夜，是她悄送掉童心的纯洁，接受人间的绮情柔意，她和青在月影下，双影厮并，她那时如依人的小鸟，如迷醉的荼蘼，她傲视冷月，她窃笑行云。

但今夜呵！一样的月影波光，然而她和青已隔绝人天。让月儿蹂躏这寞落的心，她挣扎残喘，要向月姊问青的消息，但月姊只是阴森地惨笑，只是傲然地凌视——指示她的孤独。唉！她枉将凄音冲破行云，枉将哀调深渗海底——天意永远是不可思议！

沙低声默泣，全船的人都罩在绮丽的哀愁中。这时船已穿过玉桥，两岸灯光，映射波中，似乎万蛇舞动，金彩飞腾，沙凄然道："这到底是梦境？还是人间？"

颦道："人间便是梦境，何必问哪一件是梦，哪一件非梦！"

"呵！人间便是梦境，但不幸的人类，为什么永远没有快活的梦……这惨愁，为什么没有焚化的可能？"

大家都默然无言，只有阮君依然努力把舵，森不住地摇桨，这船又从河心荡向河岸。"夜深了，归去罢！"森仿佛有些倦了，于是将船儿泊在岸旁。他们都离开这美妙的月影波光，在黑夜中摸索他们的归程。

月儿斜倚翡翠云屏，柳丝细拂这归去的人们——这月夜孤舟又是一番梦痕！

今夜月

孙福熙

　　大清早上与诸位讲夜的事情，未免十分的得罪；然而今夜是有特别意义的，所以不惜来荒废您所要计划今天一日大事的时间了。我宁可下次在黑暗的夜里再来与您讲光明的。

　　我是初来北京的，却要在诸位老北京之前介绍一件北京的东西，这是我很自负的。

　　诸位中有忙有闲，不是一律，然而我相信诸位一样的不注意"师兄"的长大与他每天对于善或恶的趋向。不但如此，您还没有注意每天的月的盈亏。

　　北京的屋宇并不算高，但你我挨挤在一起，而且大家像犯了罪的都拘禁在围墙中，以致月色不能透入，于是不再记得月的大小了。最柔和的是新月，在淡绿的天中，嫩黄的一弯，如小桃的新叶，然而此时人们正忙着谋晚餐，没有余力在将落的日光中来注意他。最哀艳的是阴历月稍后半夜初出的缺月。在四周静寂甚或夜寒凛冽中，他起来，起不多时就要被太阳夺去色彩的，此时人们正在昏梦，我想诸君中未必有人看过几次罢。但我现在要介绍给诸位的不是那种月，是圆满、皎洁而且容易看到的今夜月。

您住在南城吗？您该往先农坛或游艺园的水边。万一您十分的忙碌，也该在经过前门时停留几分钟。汽车的号声照常的威吓您，洋车夫照常的叫你"里走"，火车站汽笛照常的引起你忙乱之感，然而你将看见东面起来一个大而且圆的月，为平日所没有的。您平日刻刻防备仇人用毒计陷害您，此刻，在这青淡的月光中，您当有纯洁与安静之感，您自然地放下心机，不愿防备了。而且，在这光中，您的仇人也受感而不想欺侮人了。您那时会明白，月光是不分等次的普照一切恩人与仇人的。怕看他人凶恶的面庞时，最好对镜看看自己的，您会发见原来自己恼怒时的面庞也是这样凶恶的；以人心凶恶为可恨的人，能在月光下照见自己的心的凶恶，看月是洗涤心肠的好方法。

您住在北城吗？京兆公园、什刹海都是看月的好地方，然而最好是在北海。晚上六点钟以前，你走到琼岛的塔上，如海的缥缈而且有绿波的北京，罩在暮霭中，看太阳渐渐地落去。你要注意，在看太阳的时候，必须刻刻回顾东面，青天之下，红紫的薄幕之后，比什么日子都大的圆月缓缓地起来了。天色渐暗，月色渐明，你的目力所能及的地方，都受月光的照临，而你的心也照临在一切的人之上了。你下山来，过桥，沿北海，在濠濮间的前面，你会看见，高大的柳枝中间，白塔的旁边，一轮明月照临水上。水边漪澜堂的灯火丛中，游人攒聚着等候花炮的起来。

诸位要问我为什么特别介绍今夜月，我大略地可以告诉你们的。我不单为今天是兔儿爷的生日，不单为今天的月球与地球最近，我为的是从我们的远祖起，每年在这一日留下些特别的感情，造成不可磨灭的事实，数千年来古今人所瞻望所歌咏的就是这个月，而且这寒热得宜、桂子香飘的时节看这圆月，不是昨天或明天的所能比，也不是上月或下月的所能比的。

　　您不要为了贪吃月饼而懒得出去看月。看了月回来吃月饼不晚，兔儿爷给你好好留着的！

十月一日

月 光

田 汉

有的人当心里有什么不愉快的事情的时候总爱喝酒，说因此可以忘记他的痛苦。但以他的经验，却不然，他越喝酒，心里越加明白。内心的悲哀不独不能因酒支吾过，而且因为酒的力量把妨碍悲哀之发泄的种种的顾虑全除去了，反显出他真正的姿态来。

他到这异乡的上海生活以来，不知不觉又过了两个节了。七月七刚过了，又是八月中秋，好快的日子！他的弟弟买了许多桂花来插在瓶里，摆在靠墙放置的桌上。没有读过什么书的弟弟也懂得色调的配合，他因嫌白壁太单调了，不足以显出桂花的好处来，便借邻居叶君的一块紫色的花布钉在墙上，那金黄的桂花得了紫色的衬托果然越加夺目，萧索的寓楼中有了她发散出来的芳香，顿时温馨了许多，因为今晚是八月节，清澄皎洁的月光不可辜负。和他同居的E君爱喝几杯，打了许多酒来，晚间便大吃大喝，他约莫也喝了斤把花雕，正如上面说的，将欲销愁，而愁的形态像雨过天晴的月色一样更加明显起来，他便倒在床上睡了。E君与他弟弟邀他到街头步月，他没有应他们，他们以为他睡着了，便不勉强他。他们去后，他起来拿起笔来要写一点东西，但是写不了，头好像有一点痛，便熄了电灯，依然睡在床上，电灯一黑，那清圆的好月立刻趁着她那放射的银线由窗子里跳进他房里来，吻着他的床。他此时的心里虽因喝了酒愈加明白，但在他眼里的月的姿态却模糊起来了。

"S妹。"他喊她一声，她不答应，知道她睡着了。他把她的被盖好，起来放好帐子，房里虽然有一盏美孚灯，但不足以抵御月光的侵入。他走到书桌旁边坐下了，桌上还放着栈房里老板送来的月饼，他虽不饥，无聊地也拿着吃了，一面吃一面痴痴地抬头望着窗外，真是玉宇无尘，晶光似濯，他想此时若能同她一块儿去步月是何等幸福，偏她又一病至此。又念刚回去的慈母、幼儿，今晚不知在哪里过节，他一边想，一边听着帐子里的呼吸，也还均匀，似乎一时不至于醒来。他便慢慢地出了房门，走到院子里，满地银光，真如积水空明。

由院子直走，出了大门便是扬子江边了，由堤边一带垂杨荫里望那扬子江时，滚滚江涛映在月光之中，就像无数人鱼在清宵浴舞，他独自一人伫立多时，渐渐觉得身上穿的单衫挡不住午夜的江风，又恐怕那卧病在异乡客舍中的可怜的人要醒了，急忙拭干眼中因江风送来的水珠，慢慢地踱回房里去了——这是他的去年今夜。

这时是他和她回上海的第一年。他们和他的朋友Z君夫妇住在哈同花园后面民厚南里的一家楼上。这天晚上也是八月中秋，Z君和另一朋友邀他们俩同去步月，她穿着红色的毛衣同他们出去。从静安寺路转到赫德路，又转到福煦路，就是围着民厚里打了一个圈圈，他们便和Z君等分开了。他们沿着古拔路，在丰茂的白杨树荫下携手徐行，低声地谈着他们谈不完的心曲。那时的古拔路一边是洋房子，一边却是一条小港，小港的那边，是几畦菜园，还有一座有栏杆的小桥，桥头有几株垂杨低低地拂着桥栏，桥下水虽不流，却有浓绿的浮萍，浮萍里还偶然伸出一两朵鲜艳的水仙花。靠着菜园那边，还有一带芦苇，参差有致。他们自从发现了这块地方，常常爱到这里来散步。今晚他们因想这块具备了长芦垂柳碧水小桥的地方在明月之中不知更增几许姿态，所以特来领略这美丽的自然。果然不使他们失望，柳，芦，桥，水，浮萍，水仙都好像特作新妆迎接他们，他们站在桥头受着月光的祝福，他觉得这种情境很有画意，回家后他便画了几张小桥观月图分送他的好友。

他回忆了去年和前年今日的情景，又联想到今夜的故乡，母亲和孩子在乡思过节。母亲一定思念她在外面的儿子，孩子虽小也一定想念他在外面的父亲，但他一定以为他的妈妈也同他的爸爸一起在上海，他哪里知道今晚的月光，不能照到他妈妈的脸上，只能照着她坟上的青草呢！

可怜一样团圆月，半照孤坟半照人。他还没有念完这两句诗，便痛哭得在床上打滚了。

上面这几段东西是他昨晚写的。因为都是月夜的回忆，他题之曰"月光"。不过他今早起来，照着他床上的不是"凄凉的月光"，却是和暖的阳光。他昨夜的泪痕在阳光中一忽儿都晒干了。他以后不敢再在月光底下回忆，不敢再于佳节良辰喝酒，不敢再惹起他的旧痛。他年纪还不大，还想忍着痛苦做些事，这也是她所希望于他的，他现在与惠特曼同样要求着"赫耀而沉默的太阳"，他与惠特曼同样唱着《大道之歌》："从此以后，他不再呜咽了，不再因循了，他什么都不要，他要勇敢地、专心致志地登他的大道！"

作于一九二六年

月下渡江

王平陵

　　清早起来，我就混杂在辛苦忙碌的人群中，肩膀上也像压着笨重的使命，在城市里，仅凭两条腿，上坡下坡，忽高忽低，跑了一整天的路。到夕阳挂在山脊上，才把预定的工作，告一个段落。我孤独地走进一家冷酒馆，屋子里寂无人声，只有几只大头苍蝇嗡嗡地唱歌，馆主人伏在柜台上打瞌睡，我喊醒了他，叫一杯冷酒，坐在竹篷敞开的凉荫下，暂且搁下手提的布包袱，尽量把自己从彼此提防、忌妒中伤的世界里，抽拔到幽僻的一角，默默地喝冷酒，静看那些钩心斗角的人们，男的，女的，脚步套着脚步，怀着说不出的忧闷和渴求什么的心情，在门前走过。我想起自己一整天也是这样无效的奔波，不觉悲从中来，抱着同病相怜的恻隐，连干了三大杯。酒呵！我的好友！我也有些感到生之厌倦了！全仗你加强我挣扎的勇气，增添我在人海里游泳的活力。我欣然地站起来，付了酒资，拍一拍身上的尘灰，把白天所接触到的讨厌的事、憎恶的鬼脸，竭力忘却，忘却得一干二净，单是保留最好的印象，摄住和善的面孔，愉快地走出冷酒馆；虽然马路上依然挤满了人，而我是旁若无人地走着，走着，一会儿，就走到过江的渡头，待缓步踱下层层的石阶，到嘉陵江边，那清朗的圆月，爬到竹竿高了，江上闪烁着银色的月光。

古老的木船，横在江滨，等候晚来的渡江者。舟子们击楫高呼，招揽匆忙的过客，我移动酸溜溜的腿股，运送自己到木船上，放下布包袱，把心坎的积愫、白天遭遇的一切，混合着肚底翻上来的痰唾，轻松地倾吐在岸边。

船开行了，江上吹来清凉的夜风，我面对丛林深处的彼岸，似有灯火从茅屋中漏出；但给清朗的月光淹没了。船在慢慢地前行，灯光，桨影，伴随两岸的虫声，江心旋转的急涛声，山楼上凭窗奏弹的琴音，交织成夜之韵律。忽然，夜风里飘来一阵桂花香，呵！那映照在碧浪上的银辉，已是秋天的月色了！这美丽的嘉陵江上月，又使我把快要发霉的灵魂亮了一亮，照见我流水一般消逝的年华。

一根被樵夫们斫断的枯枝，虽然遗弃在江上，杂居在败絮烂草里浮来浮去，原也曾在春天里萌过它的新芽。春天是梦的季节，美的季节，花的季节，是的，都是的，像所有的人一样，我也曾有过梦的，美的，花的，春天的，我的耳际，也有人唱过柔和的歌声，我的唇沿，也曾挂着芬芳的酒沥呢，可是，此刻是秋天了！在杂乱中已经是第七个秋天了！我想起如许刻划在流水上的痕印。可怜我从没有今天的闲暇，想起如许值得留恋的痕印，这是我七年来第一次的回忆呵——在萧疏寥落的人生里，容许我重温冷却的炉火，在月夜的嘉陵江上，还能悄悄地捉住回忆往事的刹那，谁能说不是人生难得遇到的幸福呢！

这时，年轻的舟子，半闭眼睛，习惯地打着桨，打起平静的浪花，撕碎江底的云影，夜空更静寂了，我疲乏得想睡，真不以为就在沿江一带寂寞的丛山外，正是人头攒动、灯光照耀的闹市呢！

我与闹市渐离渐远了，待月光斜射到对岸的山峰时，我又靠近了另一个岸边，岸上的喧哗、烦扰、口角斗殴声，无情地粉碎我画似的回忆，我被迫着必须奋勇地重冲入可怕的"现实"。

月光下，抱着无限苍茫的情怀再回一回头，那对岸的山峰，嘉陵江上的明月，在明月下泛一叶的孤舟，却是我新添的回忆中的画，画一般的回忆。

金字塔夜月

杨　朔

　　听埃及朋友说，金字塔的夜月，朦朦胧胧的，仿佛是富有幻想的梦境。我去，却不是为的寻梦，倒想亲自多摸摸这个民族的活生生的历史。

　　白天里，游客多，趣味也杂。有人喜欢骑上备着花鞍子的阿拉伯骆驼，绕着金字塔和人面狮身的斯芬克斯大石像转一转；也有人愿意花费几个钱，看那矫健的埃及人能不出十分钟嗖嗖爬上爬下四百五十英尺高的金字塔。这种种风光，热闹自然热闹，但总不及夜晚的金字塔来得迷人。

　　我去的那晚上，乍一到，未免不巧，黑沉沉的，竟不见月亮的消息。金字塔仿佛溶化了似的，溶到又深又浓的夜色里去，临到跟前才能看清轮廓。塔身全是一庹多长的大石头垒起来的。顺着石头爬上几层，远远眺望着灯火点点的开罗夜市，不觉引起我一种茫茫的情思。白天我也曾来过，还钻进塔里，顺着一条石廊往上爬，直钻进半腰的塔心里去，那儿就是当年放埃及王"法老"石棺的所在。空棺犹存，却早已残缺不堪。今夜我攀上金字塔，细细抚摸那沾着古埃及人民汗渍的大石头，不能不从内心发出连连的惊叹。试想想，五千多年前，埃及人民究竟用什么鬼斧神工，创造出这样一座古今奇迹？我一时觉得：金字塔里藏的不是什么"法老"的石棺，却是埃及人民无限惊人的智慧；金字塔也不是什么"法老"的陵墓，却是这个民族精神的化身。

晚风从沙漠深处吹来，微微有点凉。幸好金字塔前有座幽静的花园，露天摆着些干净座位，卖茶卖水。我约会几位同去的朋友进去叫了几杯土耳其热咖啡，喝着，一面谈心。灯影里，照见四处散立着好几尊石像。我凑到一尊跟前细瞅了瞅，古色古香的，猜想是古帝王的刻像，便抚着石像的肩膀笑问道："你多大年纪啦？"

那位埃及朋友从一旁笑应道："三千岁啦。"

我又抚摸着另一尊石像问："你呢？"

埃及朋友说："我还年轻，才一千岁。"

我笑起来："好啊，你们这把年纪，好歹都可以算作埃及历史的见证人。"

埃及朋友说："要论见证人，首先该推斯芬克斯先生，五千年了，什么没经历过？"

旁边传来一阵放浪的笑声。这时我们才留意到在一所玻璃房子里坐着几个白种人，正围着桌子喝酒，张牙舞爪的，都有点醉意。

埃及朋友故意干咳两声，悄悄对我说："都是些美国商人。"

我问道："做什么买卖的？"

埃及朋友一瘪嘴说："左右不过是贩卖原子弹的！"

于是我问道:"你们说原子弹能不能毁了金字塔?"

同游的日本朋友吃过原子弹的亏,应道:"怎么不能?一下子什么都完了。"

话刚说到这儿,有人喊:"月亮上来了。"

好大的一轮,颜色不红不黄的,可惜缺了点边儿,不知几时从天边爬出来。我们就去踏月。

月亮一露面,满天的星星惊散了。远近几座金字塔都从夜色里透出来,背衬着暗蓝色的天空,显得又庄严,又平静。往远处一望那利比亚沙漠,笼着月色,雾茫茫的,好静啊,听不见一星半点动静,只有三两点夜火,隐隐约约闪着亮光。一恍惚,我觉得自己好像走进埃及远古的历史里去,眼前正是一片世纪前的荒漠。

而那个凝视着埃及历史的斯芬克斯正卧在我的面前。月亮地里,这个一百八十多英尺长的人面狮身大物件显得那么安静,又那么驯熟。都说,它脸上的表情特别神秘,永远是个猜不透的谜。天荒地老,它究竟藏着什么难言的心事呢?

背后忽然有人轻轻问:"你看什么啊?"

我一回头,发现有两个埃及人,不知几时来到我的身边。一个年纪很老了,拖着件花袍子;另一个又黑又胖,两只眼睛闪着绿火,紧端量我。一辨清我的眉目,黑胖子赶紧说:"是周恩来的人么?看吧,看吧。我们都是看守,怕晚间有人破坏。"

拖花袍子的老看守也接口轻轻说:"你别多心,是得防备有人破坏啊。这许许多多年,斯芬克斯受的磨难,比什么人不深?你不见它的鼻子么？受伤了。当年拿破仑的军队侵占埃及后，说斯芬克斯的脸神是有意向他们挑战，就开了枪。再后来，也常有外国游客，从它身上砸点石头带走，说是可以有好运道。你不知道，斯芬克斯还会哭呢。是我父亲告诉我的。也是个有月亮的晚上，我父亲从市上回来得晚，忽然发现司芬克斯的眼睛发亮，就近一瞧，原来含着泪呢。也有人说含的是露水。管他呢。反正斯芬克斯要是有心，看见埃及人受的苦楚这样深，也应该落泪的。"

我就问："你父亲也是看守么？"

老看守说："从我祖父起，就守卫着这物件，前后有一百二十年了。"

"你儿子还要守卫下去吧？"

老看守转过脸去，迎着月光，眼睛好像有点发亮，接着咽口唾沫说："我儿子不再守卫这个，他守卫祖国去了。"

旁边一个高坡上影影绰绰走下一群黑影来，又笑又唱。老看守说"我看看去"，便走了。

黑胖子对着我的耳朵悄悄说："别再问他这个。他儿子已经在塞得港的战斗里牺牲了，他也知道，可是从来不肯说儿子死了，只当儿子还活着……"

黑胖子话没说完，一下子停住，又咳嗽一声，提醒我老看守已经回来。

老看守嘟嘟囔囔说："不用弄神弄鬼的，你当我猜不到你讲什么？"又望着我说，"古时候，埃及人最相信未来，认为人死后，才是生命的开始，所以有的棺材上画着眼睛，可以从棺材里望着世界。于今谁都不会相信这个。不过有一种人，死得有价值，死后人都记着他，他的死倒是真生。"

高坡上下来的那群黑影摇摇晃晃的，要往斯芬克斯跟前凑。老看守含着怒气说："这伙美国醉鬼！看着他们，别教他们破坏什么。"黑胖子便应声走过去。

我想起什么，故意问道："你说原子弹能不能破坏埃及的历史？"

老看守瞪了我一眼，接着笑笑说："什么？还有东西能破坏历史么？"

我便对日本朋友笑着说："对了。原子弹毁不了埃及的历史，就永远也毁不了金字塔。"

老看守也不理会这些，指着斯芬克斯对我说："想看，再细看看吧。一整块大石头刻出来的，了不起呀。"

我便问道："都说斯芬克斯的脸上含着个谜语，到底是什么谜呢？"

老看守却像没听见，径自比手画脚说："你再看：他面向东方，五千年了，天天期待着日出。"

这几句话好像一把帘钩，轻轻挂起遮在我眼前的帘幕。我再望望斯芬克斯，那脸上的神情实在一点都不神秘，只是在殷切地期待着什么。它期待的正是东方的日出，这日出是已经照到埃及的历史上了。

一九五七年